|经典散文精华本|

闻一多诗文
最后一次的讲演

闻一多◎著

三辰影库音像出版社

图书在版编目（CIP）数据

闻一多诗文：最后一次的讲演／闻一多著．－－北京：三辰影库电子音像出版社，2017.9
 ISBN 978-7-83000-266-4

Ⅰ．①闻… Ⅱ．①闻… Ⅲ．①散文集－中国－现代②诗集－中国－现代 Ⅳ．①I216.2

中国版本图书馆CIP数据核字（2017）第215673号

书　　名：闻一多诗文：最后一次的讲演
作　　者：闻一多　著
出版发行：三辰影库音像出版社
地　　址：北京市朝阳区北苑路媒体村天畅园2号楼
出 版 人：王六一
印　　制：北京时捷印刷有限公司
开　　本：880毫米×1230毫米　1/32
印　　张：10
版　　次：2017年10月第1版
印　　次：2017年10月第1次印刷
印　　数：1－5000
书　　号：ISBN 978-7-83000-266-4
定　　价：29.80元
版权所有　翻版必究
凡购买本社图书，如有缺页、倒页、脱页，由发行公司负责退换

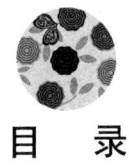

目 录

第一辑 复古的空气

画展 / 002

青岛 / 005

复古的空气 / 008

从宗教论中西风格 / 014

家族主义与民族主义 / 022

伟大的事实 不朽的意义
　　——给教导团诸君致敬 / 027

可怕的冷静 / 033

关于儒·道·土匪 / 036

愈战愈强 / 042

一个白日梦 / 046

什么是儒家
　　——中国士大夫研究之一 / 049

第二辑 最后一次的讲演

五四运动的历史法则 / 056

"五四"断想 / 062

妇女解放问题 / 064

兽·人·鬼 / 069

一二·一运动始末记 / 071

最后一次的讲演 / 075

文艺与爱国——纪念三月十八 / 079

谨防汉奸合法化 / 082

文学的历史动向 / 084

诗与批评 / 091

艾青和田间 / 099

战后文艺的道路 / 102

第三辑 时代的鼓手

《女神》之时代精神 / 110

《女神》之地方色彩 / 119

人民的诗人——屈原 / 127

庄 子 / 130

道教的精神 / 147

龙凤 / 158

说舞 / 163

诗的格律 / 171

《烙印》序 / 181

《三盘鼓》序 / 185

《西南采风录》序 / 187

时代的鼓手——读田间的诗 / 191

第四辑　红烛

　　红烛 / 198

　　西岸 / 202

　　时间的教训 / 207

　　黄昏 / 209

　　印象 / 211

　　美与爱 / 213

　　风波 / 215

　　幻中之邂逅 / 216

　　志愿 / 218

　　深夜的泪 / 220

　　贡臣 / 223

　　春之首章 / 224

　　春之末章 / 226

　　太阳吟 / 228

　　死 / 231

　　寄怀实秋 / 233

　　玄思 / 235

　　我是一个流囚 / 237

　　李白之死 / 240

　　红豆（四十二首）/ 250

　　孤雁 / 268

　　别后 / 273

第五辑　死水

大鼓师 / 276

我是中国人 / 279

狼狈 / 283

死水 / 285

七子之歌 / 287

爱国的心 / 291

口供 / 292

泪雨 / 293

祈祷 / 295

一句话 / 297

奇迹 / 299

荒村 / 302

一个观念 / 305

末日 / 306

夜歌 / 307

闻一多先生的书桌 / 309

心跳 / 311

晚霁见月 / 313

第 一 辑
复古的空气

你有聪明,有繁殖力,所以你可以存在(耗子苍蝇不也存在吗?)。但你没有生活,因为我看透了你,你打头就承认了死是事实,那证明了你是怕死的。惟其怕死,所以你也怕生,你这没出息的"四万万五千万"!

画展

我没有统计过我们这号称抗战大后方的神经中枢之一的昆明,平均一个月有几次画展,反正最近一个星期里就有两次。重庆更不用说,恐怕每日都在画展中,据前不久从那里来的一个官说,那边画展热烈的情形,真令人咋舌。(不用讲,无论哪处,只要是画展,必是国画。)这现象其实由来已久,在我们的记忆中,抗战与风雅似乎始终是不可分离的,而抗战愈久,雅兴愈高,更是鲜明的事实。

一个深夜,在大西门外的道上,和一位盟国军官狭路当逢,于是攀谈起来了。他问我这战争几时能完,我说:"这当然得问你。"

"好罢!"他爽快地答道,"老实告诉你,战争几时开始,便几时完结。"事后我才明白他的意思是说,只要他们真正开始反攻，日本是不值一击的。一个美国人，他当然有资格夸下这海口。但是我，一个中国人，尤其当着一个美国人面前，谈起战争，怎么能不心虚呢？我当时误会了他的意思，但我是爱说实话的。反正人家不是傻子，咱们的底细，人家心里早已是雪亮的，与其欲盖弥彰，倒不如自己先认了，所以我的答话是："战争几时开始？你们不是早已开始了吗？没开始的只是我们。"

对了，你敢说我们是在打仗吗？就眼前的事例说，一面是被吸完血的××编成"行尸"的行列，前仆后继地倒毙在街心，一面是"琳琅满目"，"盛况空前"的画展，你能说这不是一面在"奸污"战争，一面在逃避战争吗？如果是真实而纯洁的战争，就不怕被正视，不，我们还要用钟爱的心情端详它，抚摩它，用骄傲的嗓音讴歌它。唯其战争是因被"奸污"而变成一个腐烂的，臭恶的现实，所以你就不能不闭上眼睛掩着鼻子，赶紧逃过，逃得愈远愈好，逃到"云烟满纸"的林泉丘壑里，逃到"气韵生动"的仕女前……反之，逃得愈远，心境愈有安顿，也愈可以放心大胆让双手去制造血腥的事实。既然"立地成佛"有了保证，屠刀便不妨随时拿起，随时放下，随时放下，随时拿起。原来某一类说不得的事实和画展是互为因果的，血腥与风雅是一而二，二而一罢了。诚然，就个人说，成佛的不一定亲手使过屠刀，可是至少他们也是帮凶和窝户。如果是借刀杀人，让旁人担负使屠刀的劳力和罪名，自己干没了成

佛的实惠,其居心便更不可问了。你自命读书明理的风雅阶级,说得轻点,是被利用,重点是你利用别人,反正你是逃不了责任的!

艺术无论在抗战或建国的立场下,都是我们应该提倡的,这点道理并不只你风雅人士们才懂得。但艺术也要看哪一种,正如思想和文学一样,它也有封建的与现代的,或复古的与前进的(其实也就是非人道的与人道的)之别。你若有良心,有魄力,并且不缺乏那技术,请站出来,学学人家的画家,也去当个随军记者,收拾点电网边和战壕里的"烟云"回来,或就在任何后方,把那"行尸"的行列速写下来,给我们认识认识点现实也好,起码你也该在随便一个题材里多给我们一点现代的感觉,八大山人、四王、吴恽、费晓楼、改七芗,乃至吴昌硕、齐白石那一套,纵然有他们的历史价值,在珂罗板片中也够逼真的了,用得着你们那笨拙的复制吗?在这复古气焰高涨的年代,自然正是你们扬眉吐气的时机。但是小心不要做了破坏民族战斗意志的奸细,和危害国家现代化的帮凶!记着我的话,最后裁判的日子必然来到,那时你们的风雅就是你们的罪状!

(原载1943年昆明《生活导报》)

青岛

　　船快到胶州湾时，远远望见一点青，在万顷的巨涛中浮沉；在右边，崂山无数柱奇挺的怪峰，会使你忽然想起多少神仙故事。进湾，先看见小青岛，就是先前浮沉在巨浪中的青点，离他几里远就是山东半岛最东的半岛——青岛。簇新的、整齐的楼屋，一座一座立在小小山坡上，笔直的柏油路伸展在两行梧桐树中间，起伏在山冈上如一条蛇。谁信这个现成的海市蜃楼，一百年前还是个荒岛？

　　当春天，街市上和山野间密集的树叶，遮蔽着岛上所有的住屋，像是大海碧绿的波浪，岛上起伏的青梢也是一片海浪，浪下有似海底神人所住的仙宫。但是在榆树丛荫，还埋着十多年前德国人坚固的炮台，深长的甬道里你还可以看见那些地下室，那些被毁的大炮机，和墙壁上涂的血迹。——欧战时这儿剩有五百德国兵丁和日本争夺我们的小岛，德国人败了，日本的太阳旗曾经一时招展全市，但不久又归还了我们。在青岛，有的是一片绿林下的仙宫和海水泱泱的高歌，不许人想到地下还藏着十多间可怕的暗窟，如今全毁了。

堤岸上种植无数株梧桐，那儿可以坐憩，在晚上凭栏望见海湾里千万只帆船的桅杆，远近一盏盏明灭的红绿灯飘在浮标上，那是海上的星辰。沿海岸处有许多伸长的山角，黄昏时潮水一卷一卷来，在沙滩上飞转，溅起白浪花，又退回去，不厌倦地呼啸。天空中海鸥逐向渔舟飞，有时在海水中的大岩石上，那巨浪撞击着岩石，激起一两丈的水花。那儿再有伸出海面的栈桥，去站着望天上的云，海天的云彩永远是清澄无比，夕阳快下山时，西边浮起几道鲜丽耀眼的光，在别处你永远看不见的。

过清明节以后，从长期的海雾中带回了春色，公园里先是迎春花和连翘，成篱的雪柳，还有好像白亮灯的玉兰，软风一吹来就憩了。四月中旬，绮丽的日本樱花开得像天河，十里长的两行樱花，蜿蜒在山道上，你在树下走，一举首只见樱花绣成的云天。樱花落了，地下铺成一条花蹊。接着海棠花又点亮了，还有蹀躞在山坡下的"山蹀躞"，丁香，红端木，天天在染织这一大张地毯；往山后深林里走去，每天你会寻见一条新路，每一条小路中不知是谁创制的天地。

到夏季来,青岛几乎是天堂了。双驾马车载人到汇泉浴场去,男的女的中国人和四方的异客,戴了阔边大帽,海边沙滩上,人像小鱼般,暴露在日光下,怀抱中的是熏人的咸风。沙滩边许多小小的木屋,屋外搭着伞蓬,人们仰天躺在沙上,有的下海去游泳,踩水浪,孩子们光着身在海滨拾贝壳。街路上满是烂醉的外国水手,一路上胡唱。

但是等秋风吹起,满岛又回复了它的沉默,少有人行走,只在雾天里听见一种怪水牛的叫声,人说牛躲在海底下,谁都不知道在哪儿。

复古的空气

近来在思想和文学艺术诸方面，复古的空气颇为活跃，这是值得注意的一个现象。就一般民众讲，文化是有惰性的，而农业社会尤其如此。几千年积下来的习惯和观念，几乎成了第二天性，骤然改动，是不舒服的。其实就这群浑浑噩噩的大众说，他们始终是在"古"中没有动过，他们未曾维新，还谈得到什么复古！我们所谓复古空气，自然是指知识和领导阶级说的。不过农民既几乎占我们人口百分之八十，少数的知识和领导阶级，不会不受他们的影响，所以谈到少数人的复古空气，首先不能不指出那作为他们的背景的大众。至于少数人之间所以发生这种空气，其原因与动机，可以分作四个类型来讲。

（一）一般说来，复古倾向是一种心理上的自卫机能。自从与外人接触，在物质生活方面，发现事事不如人，这种发现所给予民族精神生活的担负，实在太重了。少数先天脆弱的心灵确乎给它压瘪了，压死了。多数人在这时，自卫机能便发生了作用。本来文学艺术以及哲学就有逃避现实的趋势，而中国的文学艺术和哲学尤其如此。

中国人现实方面的痛苦，这时正好利用它们来补偿。一想到至少在这些方面我们不弱于人，于是便有了安慰。说坏了，这是"鱼处于陆，相濡以湿，相嘘以沫"的自慰的办法。说好了，人就全靠这点不肯绝望的刚强性，才能够活下去，活着奋斗下去。这是紧急关头的一贴定心剂。虽不彻底，却也有些暂时的效用。代表这种心理的人，虽不太强，也不太弱，惟其自知是弱，所以要设法"自卫"，但也没有弱到连"自卫"的意志都没有，所以还算相当的强，平情而论，这一类型的复古倾向，是未可厚非的。

（二）另一类型是带有报复意味的自尊心理，凡是与外人直接接触较多，自然也就饱尝屈辱经验的人，一方面因近代知识较丰富，而能虚心承认自己落后，另一方面，因为往往是社会各部门的领袖，所以有他们应有的骄傲和自尊心，然责任又教他们不能不忍重负辱，那种矛盾心理的压迫是够他们受的。压迫愈大，反抗也愈大。一旦机会来了，久经屈辱的自尊心是知道图报复的，于是紧跟着以抗战换来的民族荣誉和国家地位，便是甚嚣尘上的复古空气。前一类型的心理说我们也有不弱于

人的地方,这一类型的简直说我们比他高。这些人本来是强者,自大是强者的本色,民族荣誉和国家地位也实在来得太突然,教人不能不迷惑。依强者们看来,一种自然的解释,是本来我们就不是不如人,荣誉和地位是我们应得的。诚然——但是那种趾高气扬的神情总嫌有些不够大方罢!

(三)第三个类型的复古,与其说是自尊,无宁说是自卑,不少的外国朋友捧起中国来,直使我们茫然。要晓得西洋的人本性是浪漫好奇的,甚至是怪僻的,不料真有人盲从别人来捧自己,因而也大干起复古的勾当来。实在是这种复古以媚外的心理,也并不少见。

(四)如果第三种人是完全没有自己,第四种人便是完全为自己打算的。有的是以复古来掩饰自己不懂近代知识,多半的老先生们属于这一类,虽则其中少年老成的分子也不在少数。有的正相反,又以复古来掩饰自己不大懂线装书的内容,暴发户的"二毛子"属于这一类,虽则只读洋装书的堂堂学者们也有时未能免俗。至于有人专门搬弄些"假古董"在国际市场上吸收外汇,因而为对外推销的广告用,不得不响应国内的复古运动,那就不好批评了。

复古的心理是分析不完的。大致说来,最显著的不外上述的四类型。其中有比较可取的,有居心完全不可问的。纯粹属于某一类型的大概很少,通常是几种糅合错综起来的一个复杂体。说复古空气是最近新兴的现象，也不合事实。趋势早已在酝酿，不过最近似乎更表面化了一点。为什么最近才表面化？当然与抗战有关。历史在转向，转向时的心理是不会有平静。转得愈急，波动愈大，所以在这抗战期间，一面近代化的呼声最高，一面复古的空气也最浓厚。

就一般的人说，心理的波动，不足怪，但少数的知识和领导分子，却应该早已认清历史，拿定主意，游移虽不致改变历史，但是会延缓历史的进展，须知我们的时间和精力都不容浪费。

我们的民族和文化所以能存在到今天，自然有其生存的道理在，这道理并不像你所想的，在能保存古的，而是正相反，在能吸收新的。历史告诉我们，中国文化并不是一个单纯的，一成不变的文化，（如果是那样的，它就早完了。）最初东西夷夏两民族，分明代表着两个不同的文化。

如果你站在东方，以夷（殷人及东夷）为本位，那便是夷吸收了夏；如果站在西方，以夏（夏、周）为本位，那便是夏吸收了夷。但是这两个文化早已融合到一种程度，使得我们分辨不出谁是主，谁是客来。在血缘上，楚与北方夷夏二族的关系，究竟如何，现在还不知道。无论如何，在文化上，直至战国，他们还是被视为外国人的。逐渐的这一支文化也被吸收了，到了汉朝，南北又成了一家，分不出主客来。究竟谁是我们的

"古"？严格地讲，殷的后裔孔子若要复古，文武周公就得除外，屈原若要复古，就得否认《三百篇》。从西周到战国，无疑是我们文化史中最光荣的一段，但从没有听说那时的人站在民族的立场上讲复古的。即便依你的说法，先秦北方的夷夏和南方的楚，在民族上还是一家，文化也不过是大同小异，不能和今天的情形相比。那么，打汉末开始的一整部佛教史又怎样呢？宋明人要讲复古，会有他们那"儒表佛里"的理学吗？会有他们那《西厢》《水浒》吗？还有一部清代的朴学史，也不能不承认是耶稣教士带来的西洋科学精神的赐予。以上都是极显而易见的历史事实，文化史上每放一次光，都是受了外来的刺激，而不是因为死抓着自己固有的东西。

不但中国如此，世界上多少文化都曾经因接触而交流，而放出异彩。凡是限于天然环境，不能与旁人接触，或有接触，而自己太傻太笨，不能，因此就不愿学习旁人的民族，没有不归于灭亡的。天然环境的限制，只要有决心，有勇气，还可以用人力来打开（例如我们的法显，玄奘，义净诸人的故事）。怕的是自己一味固执，不肯虚怀受善。其实哪里是不肯，恐怕还是不能，不会罢！如果是这种情形，那就惨了。我深信我们今天的情形，不属于这一类，然而我仍然有点不放心。佛教思想与老庄本就有些相近，让我们接受佛教思想，比较容易。今天来的西洋思想确乎离我们太远，是不是有人因望而生畏，索性就提倡复古以资抵抗呢？幸而今天喜欢嚷嚷孔学，和哼哼歪诗的人，究竟不算太多，而青年人尤其少。

我得强调地声明，民族主义我们是要的，而且深信是我们复兴的根本。但民族主义不该是文化的闭关主义。我甚至相信正因我们要民族主义，才不应该复古。老实说，民族主义是西洋的产物，我们的所谓"古"里，并没有这东西。谈谈孔学，做做歪诗，结果只有把今天这点民族主义的萌芽整个毁掉完事。其实一个民族的"古"是在他的血液里，像中国这样一个有悠久历史的民族，要取消它的"古"的成分，并不太容易。难的倒是怎样学习新的，因为我们在上文已经提过，文化是有惰性的，而愈老的文化，惰性也愈大。克服惰性是一件难事啊！

有人说，你太傻了，你忘了"儒表佛里"的理学家的道统是从文武周公算起的，而不从释迦牟尼算起，接受西洋科学精神的朴学，仍称为汉学，而不称西学。内容无妨接受人家，外表还得是自己的。这是面子问题，而面子也不能不顾。今天的复古，也可以作如是观。我但愿自己太傻，然而我又担心拥护复古的人们和我一样的傻。傻到真正言行一致。

（原载 1944 年 2 月《云南日报》第 2 版）

从宗教论中西风格

要说明中西人风格的不同,可以从种种不同的方面着眼,从宗教着眼,无疑是一个比较扼要的看法。所谓宗教,有广义的,有狭义的。狭义地讲来,中国人没有宗教,因此我们若能知道这狭义宗教的本质是什么,便也知道了中西风格不同之点在哪里。至于是宗教造成了西洋人的性格,还是西洋人的性格产生了他们的宗教,那是一个鸡生蛋还是蛋生鸡的辩论,我们不去管它。目下我们要认清的一点,是宗教与西洋人的性格是不可分离的。

要确定宗教的本质是什么,最好是溯源到原始思想。生的意志大概是人类一切思想的根苗。人类生活愈接近原始时代,求生意志的强烈,与求生能力的薄弱,愈有形成反比例之势。但是能力愈薄弱,不仅不能减少意志的强烈性,反而增加了它。

在这能力与意志不能配合的难关中，人类用以主观的"生的意识"来补偿客观的"生的事实"之不足，换言之，因一心欲生，而生偏偏是不完整，不绝对的，于是人类便以"死的否认"来保证"生的真实"。

这是人类思想史的第一页，也实在是一个了不起的发明。我们今天都认为死是一个千真万确的事实，原始人并不这样想。对于他们，死不过是生命途程中的另一阶段，这只看他们对祭祀态度的认真，便可知道。我们也可以说，他们根本没有死的观念，他们求生之心如此迫切，以至忽略了死的事实，而不自觉地做到了庄子那般通过理智的道路然后达到的境界，理智他们绝对没有，他们只是一团盲目地求生的热欲，在热欲的昏眩中，他们的意识便全为生的观念所占据，而不容许那与生相反的死的观念存在，诚然，由我们看来，这是自欺。但是，要晓得对原始人类，生存是那样艰难，那样没有保障，如果没有这点生的信念，人类如何活得下去呢？所以我们说这人类思想史的第一页，是一个了不得的发明。

原始人类不承认死的事实，那不死简直是肉体的不死，这还是可以由他们对祭祀的态度证明的。但是知识渐开，他们终于不得不承认死是一个事实。承认了死，是否便降低了生的信念呢？那却不然。他们承认的是肉体的死，至于灵魂他们依然坚持是不会死的。以承认肉体的死为代价，换来了灵魂不死的

信念,在实利眼光的人看来,是让步,是更无聊的自欺,在原始人类看来,却是胜利,因为他们认为灵魂的存在比肉体的存在还有价值,因此,用肉体的死换来了灵魂的不死,是占了便宜。总之他们是不肯认输,反正一口咬定了不死,讲来讲去,还是不死,甚至客观的愈逼他们承认死是事实,主观的愈加强了他们对不死的信念。他们到底为什么要这样倔强,这样执迷不悟?理智能力薄弱吗?但要记得这是理智能力进了一步,承认了肉体的死是事实以后的现象。看来理智的压力愈大,精神的信念跳得愈高。理智的发达并不妨碍生的意志,反而鼓励了它,使它创造出一个永生的灵魂。这是人类思想史的第二页,一个更荒唐,也更神妙的发明。

人类由自身的灵魂而推想到大自然的灵魂,本是思想发展过程中极自然的一步。想到这个大自然的灵魂实在就是人类自己的灵魂的一种投射作用,再想到这投射出去的自己,比原来的自己几乎是无限倍数的伟大,并又想到在强化生的信念与促进生的努力中,人类如何利用这投射出去的自己来帮助自己——想到这些复杂而纡回的步骤,更令人惊讶人类的"其愚不可及",也就是他的其智不可及。如今人毕竟承认了自己无能,因为他的理智又较前更发达了一些。他认清了更多的客观事实,但是他就此认输了吗?没有。人是无能,他却创造了万能的神。万能既出自无能,那么无能依然是万能。如今人是低了,但只向自己低头，于是他愈低头，自己的地位也愈高。你反正不能屈服他，因为他有着一个铁的生命意志，而铁是愈锤炼愈坚韧的。这人类思想史的第三页，讲理论，是愈加牵强，愈加支离，讲实用，却不能不承认是不可思议的神奇。

如果是以贿赂式的祭祀为手段，来诱致神的福佑或杜绝神的灾祸，或有时还不惜用种恫吓式的手段，来要挟神做些什么或不做些什么——对神的态度，如果是这样，那便把神的能力看得太小了。人小看了神的能力其实也就是小看了自己的能力，严格地讲，可以恫吓与贿赂的手段来控制的对象，只能称之为妖灵或精物，而不是神，因之，这种信仰也只能算作迷信，而不是宗教，宗教崇拜的对象必须是一个至高无上的，神圣的，万能而慈爱的神，你向他只有无条件的依皈和虔诚的祈祷。你的神愈是全德与万能，愈见得你自己全德与万能，因为你的神就是你所投射出去的自身的影子。既然神就是像自己，所以他不妨是一个人格神，而且必然是一个人格神。神的形象愈像你自己，愈足以证明是你的创造。正如神的权力愈大，愈足以反映你自己权力之大。总之，你的神不能太不像你自己，不像你自己，便与你自己无关，他又不能太像你自己，太像你自己，便暴露了你的精神力量究竟有限。是一个不太像你，又不太不像你的全德与万能的人格神，不多不少，恰恰是这样一个信仰，才能算作宗教。

按照上述的宗教思想发展的程度和它的性质，我们很容易辨明中西人谁有宗教谁没有宗教。第一，关于不死的问题，中国人最初分明只有肉体不死的观念，所以一方面那样看重祭祀与厚葬，一方面还有长生不老和白日飞升的神仙观念。真正灵魂不死的观念，我们本没有，我们的灵魂观念是外来的，所以多少总有模糊。第二，我们的神，在下层阶级里，不是些妖灵精物，便是人鬼的变相，因此都太像我们自己了，在上层阶级里，他又只是一个观念神而非人格神，因此又太嫌不像我们自己了。既没有真正的灵魂观念，又没有一个全德与万能的人格神，所以说我们没有宗教，而我们的风格和西洋人根本不同之处恐怕也便在这里。我们说死就是死，他们说死还是生，我们说人就是人，他们说不是，人是神。我们对现实屈服了，认输了，他们不屈服，不认输，所以他们有宗教而我们没有。

我们在上文屡次提到生的意志，这是极重要的一点，也许就是问题的核心。往往有人说弱者才需要宗教，其实是强者才能创造宗教来扶助弱者，替他们提高生的情绪，加强生的意志。就个人看，似乎弱者更需要宗教，但就社会看，强者领着较弱的同类，有组织地向着一个完整而绝对的生命追求，不正表现那社会的健康吗？宗教本身尽有数不完的缺憾与流弊，产生宗教的动机无疑是健康的。有人说西洋人的爱国思想和恋爱哲学，甚至他们的科学精神，都是他们宗教的产物，他们把国家，爱人和科学的真理都"神化"了,这话并不过分。至少我们可以说,产生他们那宗教的动力,也就是产生那爱国思想,恋爱哲学和科学精神的动力。不是对付的,将就的,马马虎虎的,在饥饿与死亡的边缘上弥留着的地活着,而是完整的,绝对的地活着,热烈地活着——不是彼此都让步点的委曲求全,所谓"中庸之道"式的,实在是一种虚伪的活,而是不折不扣的,不是你死我活,便是我死你活的彻底的,认真的活——是一种失败在今生,成功在来世的永不认输,永不屈服的精神。这便是西洋人的性格。这性格在他们的宗教中表现得最明显,因此也在清教徒的美国人身上表现得最明显。

人生如果仅是吃饭睡觉,寒暄应酬,或囤积居奇,营私舞弊,那许用不着宗教。但人生也有些严重关头,小的严重关头叫你感着不舒服,大的简直要你的命,这些时候来到,你往往感着没有能力应付它,其实还是有能力应付,因为人人都有一副不可思议的潜能。问题只在用一套什么手法把它动员起来。一挺胸,一咬牙,一转念头,潜能起来了,你便能排山倒海,使一切不可能的变为可能了。那不是技术,而是一种魔术,那便是宗教。中国人的办法,似乎是防范严重关头,使它不要发生,借以省却自己应付的麻烦。这在事实上是否可能,姑且不管,即使可能,在西洋人看来,多么泄气,多么没出息!他们甚至没有严重关头,还要设法制造它,为的是好从那应付的挣扎中得到乐趣。没事自己放火给自己扑灭,为的是救火的紧张太有趣了。如果救火不熄,自己反被烧死,那殉道者的光荣更是人生无上的满足!你说荒谬绝伦,简直是疯子!对了,你就是不会发疯,你生活里就缺少那点疯,所以你平庸,懦弱。人家在天上飞时,你在粪坑里爬!

中西风格的比较?你拿什么跟人家比?你配?尽管有你那一套美丽的名词,还是掩不住那渺小,平庸,怯懦,虚伪,掩不住你的小算盘,你的偷偷摸摸,自私自利,和一切的丑态。你的孝悌忠信,礼义廉耻,和你古圣先贤的什么哲学只令人作呕,我都看透了!你没有灵魂,没有上帝的国度,你是没有国家观念的一盘散沙,一群不知什么是爱的天阉(因此也不知什么是恨),你没有同情,也没有真理观念。然而你有一点鬼聪明,你的蕃殖力很大。因为聪明所以会鼠窃狗偷——营私舞弊,囤积居奇。因为蕃殖力大,所以让你的同类成千成万地裹在清一色的破棉袄里,排成番号,吸完了他们的血,让他们饿死,病死……这是你的风格,你的仁义道德!你拿什么和人家比!

没有宗教的形式不要紧。只要有产生宗教的那股永不屈服,永远向上追求的精神,换言之,就是那铁的生命意志,有了这个,任凭你向宗教以外任何方向发展都好,怕的是你这点意志,早被瘪死了,因此除了你那庸俗主义的儒家哲学以外,不但宗教没有,旁的东西也没有。更可怕的是宗教到你手里,也变成了庸俗，虚伪，和鼠窃狗偷的工具。怕的是你只存在，而没有生活，因为你的生命的前提是败北主义，和你那典型的口号"没有办法"！于是你只好嘲笑，说俏皮话。是啊，你有聪明，有繁殖力，所以你可以存在（耗子苍蝇不也存在吗？）。但你没有生活，因为我看透了你，你打头就承认了死是事实，那证明了你是怕死的。惟其怕死，所以你也怕生，你这没出息的"四万万五千万"！

（原载1944年2月《生活导报》第65期）

家族主义与民族主义

周初是我们历史的成年期,我们的文化也就在那时定型了。当时的社会组织是封建的,而封建的基础是家族,因此我们三千年来的文化,便以家族主义为中心,一切制度,祖先崇拜的信仰,和以孝为核心的道德观念等等,都是从这里产生的。与家族主义立于相反地位的一种文化势力,便是民族主义。这是我们历史上比较晚起的东西。在家族主义的支配势力之下,它的发展起初很迟钝,而且是断断续续的,直至最近五十年,因国际形势的刺激,才有显著的持续的进步。然而时代变得太快,目前这点民族意识的醒觉,显然是不够的。我们现在将三千年来家族主义与民族主义两个势力发展的情形,作一粗略的检讨,这对于今后发展民族主义许是应有的认识。

上文已经说过,建立封建制度的基础是家族制度。但封建制度的崩溃，也正由于它这基础。一个最强固的家族，是在它发展得不大不小的时候。太小固然不足以成为一个力量，太大则内部散漫，本身力量互相抵消，因此也不能成为一个坚强统一的有机体。封建的重心始终在中层的大夫阶级，理由便在此。重心在大夫，所以侯国与王朝必趋于削弱，以致制度本身完全解体。一方面封建制度下所谓国，既只是一群家的组合体，其重心在家而不在国；另一方面国与国间的地理环境，既无十分难以打通的天然墙壁，而人文方面，尤其是文字的统一，处处都是妨碍任何一国发展其个别性的条件，因此在列国之间，类似民族主义的观念便无从产生。春秋时诚然喊过一度"尊王攘夷"的口号，但是那"夷"毕竟太容易"攘"了（有的还不待攘而自被同化），所以也没有逼出我们的民族主义来。我们一直在为一种以家族主义为基础的天下主义努力，那便是所谓"天下一家"的理想。到了秦汉，这理想果然实现了。就以家族主义为基础的精神看来，郡县只是抽掉了侯国的封建———一种阶层更简单，组织更统一，基础更稳固的封建制度，换言之，就是一种更彻底，更合理的家族主义的社会组织。汉人看清了这一点，索性就以治家之道治天下，而提倡孝，尊崇儒术。这办法一直维持了二千余年，没有变过，可见它对于维持内部秩序相当有效。可惜的是一个国家的问题不仅从内部发生，因而家族主义的作用也就有时而穷了。

自汉朝以孝行为选举人才的标准,渐渐造成汉末魏晋以来的门阀之风,于是家族主义更为发达。突然来临的五胡乱华的局面,不但没有刺激我们的民族主义,反而加深了我们的家族主义。因为当时的人是用家族主义来消极地抵抗外患,所以门阀之风到了六朝反而更盛。如果当时侵入的异族讲了民族主义,一意要胡化中国,我们的家族主义未尝不可变质为民族主义。无奈那些胡人只是学华语、改汉姓,一味向慕汉化,人家既不讲民族主义,我们的民族主义自然也讲不起来。一方面我们自己想借家族主义以抵抗异族;一方面异族也用釜底抽薪的手段,附和我们的家族主义,以图应付我们,于是家族主义便愈加发达,而民族意识便也愈加消沉。再加上当时内侵的异族本身,在种族方面万分复杂,更使民族主义无从讲起。结果到了天宝之乱,几乎整个朝廷的文武百官,都为了保全身家性命,投降附逆了。一位"麻鞋见天子,衣袖露两肘"的诗人便算作了不得的忠臣,那时代的忠的观念之缺乏,真叫人齿冷!这大概是历史上民族意识最消沉的一个时期了。

然而唐初已开始设法破坏门阀。而轻明经,重进士的选举制度也在暗中打击拥护家族主义的儒家思想,这些措施虽未能立刻发生影响而消灭门阀观念,但至少中唐以下,十分不近人情的孝行是不多见了(韩愈辩讳便是孝的观念在改变中之一例)。这是历史上一个重要的转捩点。因为老实说,忠与孝根本是冲突的，若非唐朝先把孝的观念修正了，临到宋朝，无论遇到多大的外患，还是不会表现那么多忠的情绪的。孝让一步，忠才能进一步，忠孝不能两全，家族主义与民族主义不能并立，不管你愿意与否，这是铁的事实。

历史进行了三分之二的年代，到了宋朝，民族主义这才开始发芽，迟是太迟，但仍然是值得庆幸的。此后的发展，虽不是直线的，大体说来，还是在进步着。从宋以下，直到清末科举被废，历代皆以经义取士，这证明了以孝为中心思想的家族主义，依然在维持着它的历史的重要性。但蒙古满清以及最近异族的侵略，却不断地给予了我们民族主义发展的机会，而且每一次民族革命的爆发，都比前一次更为猛烈，意识也更为鲜明。由明太祖而太平天国，而辛亥革命，以至目前的抗战，我们确乎踏上了民族主义的路。但这条路似乎是扇形的，开端时路面很窄，因此和家族主义的路两不相妨，现在路面愈来愈宽，有侵占家族主义的路面之势，以至将来必有那么一天，逼得家族主义非大大让步不可。家庭是永远不能废的，但家族主义不能存在。家族主义不存在，则孝的观念也要大大改变，因此儒家思想的价值也要大大减低了。家族主义本身的好坏，我们不谈，它妨碍民族主义的发展是事实，而我们现在除了民族主义没有第二条路可走（因为这是到大同主义必经之路），所以我们非请它退让不可。

有人或许以为讲民族主义，必须讲民族文化，讲民族文化必须以儒家为皈依。因而便不得不替家族主义辩护，这似乎是没有认清历史的发展。而且中国的好东西至少不仅仅是儒家思想，而儒家思想的好处也不在其维护家族主义的孝的精神。前人提过"移孝作忠"的话，其实真是孝，就无法移作忠；既已移作忠，就不能再是孝了。倒是"忠孝不能两全"真正一语破的了。

（原载1944年昆明《中央日报》第2版）

复古的空气

伟大的事实 不朽的意义
——给教导团诸君致敬

正如日前天空中有一个人一生见不到一次的"白虹贯日"的异象显现,我却在屋子里乱忙,没有看见,我们也常常让伟大的历史从我们身边过去,当时漫不经心,却等事后再去追怀,向往,去悬旗,放假,在纪念会中慷慨陈词,溢洋赞叹。假如我们能将那分热情,就在当时,亲手献给那些活生生的历史英雄,说不定那对于他们更是一个实惠,他们带着那分慰藉与同情,在艰辛困苦的搏斗中,说不定会更有勇气,更有力量,能创造出更瑰伟的奇迹来。这次由青年知识分子组成的教导团第一团第一二三营诸君过昆飞印的壮举,无疑是伟大历史中最伟大的一页。它应当是这几日报纸上最大的标题,甚至号外的资料,它应该在举国若狂的欢呼与流泪中,接受更多的热,好叫

它自己的成就发出更大的光。然而我们这生活在八股传统里的民族,只会在粉墙上写"好男儿,要当兵"一类的官样文章,等真正的"好男儿"露了面,反让他们悄悄地自来自去,连一个招呼也没有。试想这是一个什么国度!没有同情,没有热,是麻木不仁?还是忘恩负义?不过也许惟其如此,"好男儿"们才更觉可敬,可佩。伟大的永远是孤寂的,让千百年后流着感激的泪,腾起赞美的歌声,但在他们自己的岁月中,悄悄地自来自去,正是他们的风度。

旧式的营伍训练,目的只在教士兵的心理上消除恐惧,鼓起勇气,增加忿怒,盲目地服从长官。这些为旧式的战争,是足够的,但对于使用新式武器的新式的战争,就不适合了。据说机械化的进步产生了一种新的训练方法的需要,一个新式士兵必须知道如何同一小队士兵合作,如何作临机应变的决定,如何用自己的眼光来判断。只是听人指挥,受人驱策,说打就打,说死就死,像诗人邓尼孙在《六百壮士冲锋歌》里所说的一般,在九十年前行,今天在坦克车上,在装配机关枪的摩托车上,士兵也会打,也会死,但也要了解为何而打,为何而死。这种战争的变质,已够说明了为应付现阶段战争,我们兵员的来源应该在哪里。仅仅具有奋勇与耐劳等美德的从农民出身的战士,可以担当前几期抗战的任务,那便是消极地使我们少败一点的任务。但目前的工作,是与盟邦合作,运用真正近代的战术来积极地争取胜利，我们知道能担当这样工作的战士，除了上述诸美德外，还需要知识与机警。所以最有资格充当这种战士的，无非是青年知识分子。情势不许我们再弥留在少败一点的局面中，我们得赶紧攫取胜利，时机已经来到，我们非拿出"最后一张牌"不可，为了民族的永生，我们不能再吝惜我们最宝贵的血。果然知识青年认清了时代的使命，站起来了，承受了他们的责任，谈胜利，这才是我们最确切的胜利的保证。然而教导团的意义，还不止此。在建国的工作中，如同在抗战的工作中一样，他们也享有不朽的光辉。因为我们知道战术的近代化不只在器械，也包括了运用器械的人，而人究竟比器械更重要，所以他们又实在代表了我们国防近代化的开端。

以上关于教导团在抗战与建国工作上双重的军事意义，是比较浅而易见的，现在我们还指出另外两种也许更深远的意义。在二千年君主政治之下，国家的土地和与土地不能分离的生产奴隶——人民，都是帝王们的私产。奴隶照例得平时劳力，战时卖命，反正他们是工具，不是"人"。只有那由部分的没落的贵族，和部分的超升的奴隶组成的士大夫阶级，因为替帝王当管家，任官吏，而特蒙恩宠，他们才享受"人"的权利，既不必十分劳力，也不需要卖命。只是遇到财产的安全发生了问题，管家这才有时不能不在比较没有生命危险的"运筹帷幄"的方式之下，尽其捍卫之责，那便是所谓儒将了。这种工作其实并

不是他们的职责,他们只是以"票友"的资格来参加的。至于那真正需要卖命的士卒的任务,自然更不在他们分内。所谓"好人不当兵",便等于说"管家不管卖命"。本来管的是旁人的家,为旁人的事卖自己的命,"好人"当然不干,所以自古只闻有儒将(数目也不太多),不闻有"儒兵"之称。这一切的症结只在国家的主人是帝王,在管家的看来,谁做主人都不是一样?犯得上为新旧主人间的厮杀,卖自己的命吗?但是如果谁自己想当主人,那情形就不同了,那他就不妨把自己的家族变成子弟兵,而自身也得身先士卒,做个卖命的表率。这一来,问题的真相便更明白了,要"好人"当兵,便非允许他做自家的主人不可。在原则上,辛亥革命以后,每一个中华民国的国民,已经取得了主人的资格,但打了七年仗,为什么直到最近,才有真正的"儒兵"出现呢?这可见我们的"好人"一向只以得到主人的名为满足,而不顾主人的实,所以他们既不愿意尽主人的义务,也不大关心于主人的权利。今天成千的青年知识分子,为了一个神圣的呼唤,站起来了,准备以他们那宝贵的"好人"的血捍卫他们自己的"家",这是二千年来"好人"阶级第一次决心放弃"管家"的职业,亲身负起主人的责任。我们相信义务与权利之不可分离,有其绝对的必然性,所以我们看出成千的尽义务的身手,也就是讨权利的身手,正如那数目更为广大的在各级学校里尽义务的唇舌,也就是索权利的唇舌一样。

不要忽略知识青年从军的政治意义，这是民主怒潮中最英勇的急先锋。先尽义务，不怕权利不来，人民进步了，政府也必然进步！

至于在君主政治下，那不属于管家阶级的不会想，不会讲的人群，在主人眼里原是附属于土地上的一种资产，既是资产，就可爱惜，也可供挥霍，全凭主人的高兴，所以卖命几乎是这般人不容旁贷的责任。所谓"寓兵于农"，便等于说："劳了力的还要卖命，卖命的也要劳力。"

为什么没听说"寓兵于士"呢？是否"好人"既不屑劳力，更说不上卖命呢？好了，君主政治下是谈不到平等的，所以，我们要民主。但是中华民族抗战了七年，也还一向是某一种出身的人单独担任着"成仁"的工作，这是平等吗？姑无论在哪种不平等的状态下，胜利未见真能到手，即令能够，这样的胜利，与其说是光荣，不如说是耻辱。因此我们又得感谢这群青年，耻辱已经由他们开始洗清了，他们已正式加入了伟大的行列，分担着艰难的责任。为了他们的行动，从今天起，中国人再无须有"好人"与"非好人"的分别，反正大家都可以当兵，如果国家真需要他。这平等精神的表现，又是知识青年从军所代表的重大的社会意义，这一点也是我们不应忽略的。

知识青年从军运动刚在发轫的期间，它的规模还不够广大，但它的意义是深远的,而且丰富的。如何爱护,并培养这个嫩芽,使它滋生,长大,开出灿烂的花,结成肥硕的果,这是国家,社会,尤其是该团各位长官的责任!但是可爱的孩子们!你们脚下是草鞋,夜间只有一床军毯,你们脸上是什么?风尘,还是菜色?还有身上的,是疮疤,还是伤痕?然而我知道,你们还没上过战场!长官们,好生看着你们的孩子吧!他们的父母会心疼的,何况这些又是国家的光荣,民族的命脉呢!

(原载1944年6月昆明《正义报》)

可怕的冷静

一个从灾荒里长成的民族，挨着一切的苦难，总像挨着天灾一样，以麻木的坚忍承受打击，没有招架，没有愤怒，甚至没有呻吟，像冬眠的蛰虫一般，只在半死状态中静候着第二个春天的来临，——这样便是今天的中国，快挨过了第七个年头的国难，它还准备再挨下去，直到那一天，大概一觉醒来，自然会发现胜利就在眼前。客观上，战争与饥饿本也久已打成一片了，因此，愈是实质的战斗员，愈有挨饿的责任，不像人家最前线的人们吃得最好最饱，我们这里真正的饿殍恰恰就是真正的兵士。抗战与灾荒既已打成一片，抗战期中的现象，便更酷肖荒年的现象了。照例是灾情愈重，发财的愈多，结果贫穷的更加贫穷，富贵的更加富贵。照例是灾情严重了，呼吁的声音海外比国内更响，于是救济的主要责任落在外人身上，而国

内人士,相形之下,便愈能显出他们那"不动心"的沉着而雍容的风度了。现在一切荒年的社会现象在抗战中又重演一次,不过规模更大,严重性更深刻些罢了。但是说来奇怪,分明是痼疾愈深,危机愈大,社会表层偏要装出一副太平景象的面孔。配合着冠冕堂皇的要人谈话和报纸社评的,是一般社会情绪——今天一个画展,明天一个堂会,"顾左右而言他"的副刊和小报一天天充斥起来,内容一天比一天软性化。从抗战开始以来,没有见过今天这样"众人熙熙,如享太牢,如登春台"的景象,这不知道是肺结核患者脸上的红晕呢,还是将死前的回光返照!

一部分人为着旁人的剥削,在饥饿中畜生似的沉默着,另一部分人却在舒适中兴高采烈地粉饰着太平,这现象是叫人不能不寒心的,如果他还有一点同情心与正义感的话。然而不知道是为了谁的体面,你还不能声张。最可虑的是不通世故而血气方刚的青年,面对这种事实,又将作何感想?对了,怕动摇抗战,但饥饿能抗战吗?粉饰饥饿就是抗战吗?如果抗战是天经地义,不要忘记当年的青年,便是撑持这天经地义最有力的支柱,可见青年盲目而又不盲目,在平时他不免盲目,在非常时期他却永远是不盲目的。原来非常时期所需要的往往不是审慎,而是勇气,而在这上面,青年是比任何人都强的。正如当年激起抗战怒潮的是青年,今天将要完成抗战大业的力量,也正是这蕴藏在青年心灵中的烦躁。这不是浮动,而是活力的脉搏。民族必需生存，抗战必需胜利，在这最高原则之下，任何平时的轨范都是可以暂时搁置的枝节。火烧上了眉毛，就得抢救。这是一个非常时期！

从抗战开始到今天，我们遭遇过两个关键，当初要不要抗战，是第一个关键，今天要不要胜利，是第二个关键，而第一个关键本来早已决定了第二个，因为既打算抗战，当然要胜利。但事实上目前的一切分明是朝着胜利相反的方向发展，所以可怪的，是一部分人虽然看出方向的错误，却还要力持冷静，或从一些烦琐的立场，认为不便声张，不必声张。眼看青年完成抗战，争取胜利的意志必须贯彻，然而没有老年人中年人的智慧予以调节与指导，青年的力量不免浪费。万一还有人固执起来，利用他们的地位与力量，阻止了青年意志的贯彻，那结果便更不堪设想了。时机太危急了，这不是冷静的时候，希望老年人中年人的步调能与青年齐一，早点促成胜利的来临！大众的坚忍的沉默是可原谅的，因为他们是灾荒中生长的，而灾荒养成了他们的麻木，有着粉饰太平的职责的人们是可原谅的，因为他们也有理由麻木。可是负有领导青年责任的人们，如果过度的冷静，也是可怕的，当这不宜冷静的时候！

（原载 1944 年 6 月《云南日报》）

关于儒·道·土匪

医生临症，常常有个观望期间，不到病势相当沉重，病象充分发作时，正式与有效的诊断似乎是不可能的。而且，在病人方面，往往愈是痼疾，愈要讳疾忌医，因此恐怕非等到病势沉重，病象发作，使他讳无可讳，忌无可忌时，他也不肯接受诊断。

事到如今，我想即便是最冥顽的讳疾忌医派，如钱穆教授之流，也不能不承认中国是生着病，而且病势的严重，病象的昭著，也许赛过了任何历史记录。惟其如此，为医生们下诊断，今天才是最成熟的时机。

向来是"旁观者清"，无怪乎这回最卓越的断案来自一位英国人。这是韦尔斯先生观察所得：

"在大部分中国人的灵魂里，斗争着一个儒家，一个道家，一个土匪。"（《人类的命运》）

为了他的诊断的正确性，我们不但钦佩这位将近八十高龄的医生，而且感激他，感激他给我们查出了病源，也给我们至少保证了半个得救的希望，因为有了正确的诊断，才谈得到适当的治疗。

但我们对韦尔斯先生的拥护，不是完全没有保留的，我认为假如将"儒家，道家，土匪"，改为"儒家，道家，墨家"，或"偷儿，骗子，土匪"，这不但没有损害韦氏的原意，而且也许加强了它，因为这样说话，可以使那些比韦氏更熟悉中国历史和文化的人，感着更顺理成章点，因此也更乐于接受点。

先讲偷儿和土匪，这两种人作风的不同，只在前者是巧取，后者是豪夺罢了。"巧取豪夺"这成语，不正好用韩非的名言"儒以文乱法，侠以武犯禁"来说明吗？而所谓侠者不又是堕落了的墨家吗？至于以"骗子"代表道家，起初我颇怀疑那徽号的适当性，但终于还是用了它。"无为而无不为"也就等于说：无所不取，无所不夺，而看去又像是一无所取，一无所夺，这不是骗子是什么？偷儿，骗子，土匪是代表三种不同行为的人物，儒家，道家，墨家是代表三种不同的行为理论的人物，尽管行为产生了理论，理论又产生了行为，如同鸡生蛋，蛋生鸡一样，但你既不能说鸡就是蛋，你也就不能将理论与行为混为一谈。所以韦尔斯先生叫儒家，道家和土匪站作一排，究竟是犯了混淆范畴的逻辑错误。这一点表过以后，韦尔斯先生的观察，在基本意义上，仍不失为真知灼见。

就历史发展的次序说，是儒，墨，道。要明白儒墨道之所以成为中国文化的病，我们得从三派思想如何产生讲起。

由于封建社会是人类物质文明成熟到某种阶段的结果，而它自身又确乎能维持相当安定的秩序，我们的文化便靠那种安定而得到迅速的进步，而思想也便开始产生了。但封建社会的组织本是家庭的扩大，而封建社会的秩序是那家庭中父权式的以上临下的强制性的秩序，它的基本原则至多也只是强权第一，公理第二。当然秩序是生活必要的条件，即便是强权的秩序，也比没有秩序好。尤其对于把握强权，制定秩序的上层阶级，那种秩序更是绝对的可宝，儒家思想便是以上层阶级的立场所给予那种秩序的理论的根据。然而父权下的强制性的秩序，毕竟有几分不自然，不自然的便不免虚伪，虚伪的秩序终久必会露出破绽来，墨家有见于此，想以慈母精神代替严父精神来维持秩序，无奈秩序已经动摇后，严父若不能维持，慈母更不能维持。儿子大了，父亲管不了，母亲更管不了，所以墨家之归于失败，是势所必然的。

墨家失败了，一气愤，自由行动起来，产生所谓游侠了，于是秩序便愈加解体了。秩序解体以后，有的分子根本怀疑家庭存在的必要，甚至咒诅家庭组织的本身，于是独自逃掉了，这种分子便是道家。

一个家庭的黄金时代，是在夫妇结婚不久以后，有了数目不太多的子女，而子女又都在未成年的期间。这时父亲如果能干保持着相当丰裕的收入，家中当然充满一片天伦之乐，即令不然，儿女人数不多，只要分配得平均，也还可以过来相当快乐，万一分配不太平均，反正儿女还小，也不至闹出大乱子来。但事实是一个庞大的家庭，儿女太多，又都成年了，利害互相冲突，加之分配本来就不平均，父亲年老力衰，甚至已经死了，家务由不很持平的大哥主持，其结果不会好，是可想而知了。儒家劝大哥一面用父亲在天之灵的大帽子实行高压政策，一面叫大家以黄金时代的回忆来策励各人的良心，说是那样，当年的秩序和秩序中的天伦之乐，自然会恢复。他不晓得当年的秩序，本就是一个暂时的假秩序，当时的相安无事，是沾了当时那特殊情形的光，于今情形变了，自然会露出马脚来。墨家的母性慈爱精神不足以解决问题，原因也只在儿女大了，实际的利害冲突，不能专凭感情来解决，这一层前面已经提到。在这一点上，墨家犯的错误，和儒家一样，不过墨家确乎感觉到了那秩序中分配不平均的基本症结，这一点就是他后来走向自由行动的路的心理基础。墨家本意是要实现这一个以平均为原则的秩序，结果走向自由行动的路，是破坏秩序。只看见破坏旧秩序，而没有看见建设新秩序的具体办法，这是人们所痛恶的，因为，正如前面所说的，秩序是生活的必要条件。尤其是中国

人的心理,即令不公平的秩序,也比完全没有秩序强。

这里我们看出了墨家之所以失败,正是儒家之所以成功。至于道家因根本否认秩序而逃掉,这对于儒家,倒因为减少了一个掣肘的而更觉方便,所以道家的遁世实际是帮助了儒家的成功。因为道家消极地帮了儒家的忙,所以儒家之反对道家,只是口头的,表面的,不像他对于墨家那样的真心的深恶痛绝。因为儒家的得势,和他对于墨道两家态度的不同,所以在上层阶级的士大夫中,道家还能存在,而墨家却绝对不能存在。墨家不能存在于士大夫中,便一变为游侠,再变为土匪,愈沉愈下了。

捣乱分子墨家被打下去了,上面只剩了儒与道,他们本来不是绝对不相容的,现在更可以合作了。合作的方案很简单。这里恕我曲解一句古书,《易经》说"肥遁,无不利",我们不妨读肥为本字,而把"肥遁"解这肥了之后再遁,那便是说一个儒家做了几任"官",捞得肥肥的,然后撒开腿就跑,跑到一所别墅或山庄里,变成了一个什么居士,便是道家了。——这当然是对己最有利的办法了。甚至还用不着什么实际的"遁",只要心理上念头一转,就身在宦海中也还是遁,所谓"身在魏阙,心在江湖"和"大隐隐朝市"者,是儒道合作中更高一层的境界。在这种合作中,权利来了,他以儒的名分来承受,义务来了,他又以道的资格说,本来我是什么也不管的。儒道交融的妙用,真不是笔墨所能形容的,在这种情形之下,称他们

复古的空气

偷儿和骗子,能算冤曲吗?

"成者为王,败者为寇","窃钩者诛,窃国者候",这些古语中所谓王候如果也包括了"不事王候,高尚其事"的道家,便更能代表中国的文化精神。事实上成语中没有骂到道家,正表示道家手段的高妙。讲起穷凶极恶的程度来,土匪不如偷儿,偷儿不如骗子,那便是说墨不如儒,儒不如道。

韦尔斯先生列举三者时,不称墨而称土匪,也许因为外国人到中国来,喜欢在穷乡僻壤跑,吃土匪的亏的机会特别多,所以对他们特别深恶痛绝。在中国人看来,三者之中,其实土匪最老实,所以也最好防备。从历史上看来,土匪的前身墨家,动机也最光明。如今不但在国内,偷儿骗子在儒道的旗帜下,天天剿匪,连国外的人士也随声附和地口诛笔伐,这实在欠公允,但我知道这不是韦尔斯先生的本意,因为我知道在他们本国,韦尔斯先生的同情一向是属于那一种人的。

话说回来,土匪究竟是中国文化的病,正如偷儿骗子也是中国文化的病。我们甚至应当感谢韦尔斯先生在下诊断时,没有忘记土匪以外的那两种病源——儒家和道家。韦尔斯先生用《春秋》的书法,将儒道和土匪并称,这是他的许多伟大贡献中的又一个贡献。

(原载1944年7月昆明《中央日报》第二版)

愈战愈强

回忆抗战初期，大家似乎不大讲到"胜利"，那时的心理与其说是胜败置之度外，还不如说是一心想着虽败犹荣。敌人是以"必定胜"的把握向我们侵略，我们是以"不怕败"的决心给他们抵抗。你无非是要我败，我偏偏不怕败，我不怕败，你便没有胜。那时人民的口号是"豁出去了！""跟你拼了！"政府的策略是"破釜沉舟"，是"置之死地而后生"，人民和政府都不怕败，自然大家也不讳败，结果是我们愈败愈奋勇，而敌人是真把我们没办法。

武汉撤退以后，渐渐听到"争取胜利"的呼声，然而也就透露了怕败的顾虑了。

开罗会议以后，胜利俨然已经到了手似的，而一般现象，则正好表示着一些人的工作，是在"争取失败"。事实昭彰，凡是有眼睛的都看到了,有良心的都指出了,这里无需我再说,我也不忍再说,于是愈是趋向失败,愈是讳言失败,自己讳言失败,同时也禁止旁人言失败。是否表面上"失败"绝迹了,暗地里便愈好制造失败呢?抗战到了这地步,大概也是一种"置之死地而后生"的办法罢?好了,那我以老百姓的资格,也就"豁出去了!""跟你拼了!"

所以我今天想要算账!

算账是一件麻烦事,但不要紧,大的做大的算,小的做小的算,反正从今以后,我不打算有清闲日子了!

比如眼前在我们昆明,就有一笔不大不小的账值得算一算。

昨天早起出门找报看,第一家报纸给了我一个喜讯,它老老实实地告诉我,衡阳的仗咱们打好了一点,我当然很高兴。但是看到第二家报纸,却把我气昏了,就因为那标题中"我军愈战愈强"六个大字。

编辑先生!我是有名有姓的,我虽不知道你姓名,但你也必然有名有姓,你若是好汉,就请出来跟我算清这笔账!你所谓"愈战愈强"者,如果就是今天另一家报纸标题所谓"愈战愈奋"的意思,那我就原谅你,我可怜你中国人不大会处理中国文字。如果你那"强"字是甚么"四强之一"那类"强"的意思,那我就要控告你两大罪状:一、你侮辱了我们老百姓的人格。二、你出卖了你的祖国。

难道你就忘记了,芦沟桥的烽火一起,我们挺身应战,是为了我们有十二万分胜算的把握吗?老实告诉你,除了存心利用抗战来趁火打劫的败类之外,我们老百姓果真是怕败的话,就早已都投汪精卫去了。我相信在自由中国,每一个良善的中国人,当初既是抱了拼命的决心,胜也要打,败也要打,今天还是抱定了决心,胜也要打,败也要打,何况国际的客观环境已经好转,谁又是那样的傻子,情愿让它"功亏一篑"呢?所以你如果多多给我们报导些自身的缺点,那只会增加我们的戒惧心,刺激我们的努力。你以为我们真是那样"闻败则馁"的草包吗?你若那样想,便把我们看同汪精卫之流了,你晓得那是侮辱别人的人格吗?

闻败则馁的必也闻胜则骄,你既把我们当闻败则馁的人,那你泄露了(杜撰罢?)许多乐观的消息,难道又不怕我们骄起来了吗?明知骄是抗战的鸩毒,而偏要用"愈战愈强"来灌溉我们的骄,那你又是何居心?依据你自己的逻辑,你这就是汉奸行为,因此你是出卖了你的祖国,你又晓得吗?

我们倒不怕承认自身的"弱",愈知道自身弱在哪里,愈好在各人自己的岗位上来尽力加强它。你说我们"愈强",我倒要请你拿出事实来,好教我们更放心点。谁不愿意自己强呢!但信口开河是不负责任,存心欺骗更是无耻。六个字的标题,看来事小,它的意义却很重大。

用这字面的，本不只你一人，但是，先生，恕我这回拐住你了！你气得我一顿饭没吃好啊！然而如果在原则上你是受了谁的指示，那个指示你的人不也该是有名有姓的吗？如果他高兴，就请他出来说明也好。抗战是大家的抗战，国家是大家的国家，谁有权利来禁止我发问！

（原载 1944 年 7 月《生活导报》）

一个白日梦

林荫路旁侍立着一排像是没有尽头的漂亮的黄墙,墙上自然不缺少我们这"文字国"最典型的方块字的装饰,只因马车跑得太快,来不及念它,心想反正不是机关,便是学校,要不就是营房。忽然两座约莫二丈来高,影壁不像影壁,华表不像华表,极尽丑恶之能事的木质构造物闯入了视野,像黑夜里冷不防跳出一声充满杀气的"口令"!那东西可把人吓一跳!那威凛凛的稻草人式的构造物,和它上面更威风的蓝地白书的八个擘窠大字:

顶天立地

继往开来

也不知道是出自谁人的手笔,或哪部"经典",对子倒对得顶稳的。可是当时我并没有想到那些,我只觉得一阵头昏眼花,不是吓唬的,(稻草人可吓得倒人?)我的头昏眼花恰恰是像被某种气味薰得作呕时的那一种。我问我自己,这究竟是一种什么气味?怎么那样冲人?

我想起了十字牌的政治商标,我明白了。不错,八个字的目的如果在推销一个个人的成功秘诀,那除了希特勒型的神经病患者,谁当得起?如果是标榜一个国家的立国精神,除了纳粹德国一类的世界里,又哪儿去找这样的梦?想不出我们炎黄子孙也变得这样伟大!果然如此,区区个人当然"与有荣焉",——我的耳根发热了。

个人主义和由它放大的本位主义的肥皂水,居然吹起了这样大而美丽的泡,看,它不但囊括了全部的空间(顶天立地),还垄断了整个的时间(继往开来)!怕只怕一得意,吹得太使劲儿,泡炸了,到那时原形毕露,也不过那么小小一滴而已,我真为它——也为我自己——捏一把汗。

个人之于社会等于身体的细胞,要一个人身体健全,不用说必需每个细胞都健全。但如果某个细胞太喜欢发达,以至超过它本分的限度而形成瘿瘤之类,那便是病了。健全的个人是必需的,个人发达到排他性的个人主义却万万要不得。如今个人主义还不只是瘿瘤,它简直是因毒菌败坏了一部分细胞而引起的一种恶性发炎的痈疽,浮肿的肌肉开着碗口大的花,那何尝不也是花花绿绿的绚烂的色彩,其实只是一堆臭脓烂肉。唉!气味便是从那里发出的吧!

从排他性的个人主义到排他性的民族主义，是必然的发展。我是英雄，当然我的族类全是英雄。炎性是会得蔓延的，这不必细说。

极端的个人主义者必然也是个唯心主义者。心灵是个人行为的发号施令者，夸大了个人，便夸大了心灵。也许我只是历史上又一个环境的幸运儿，但我总以为我的成功，完全由于自己的意志或精神力量，只因为除了我个人，我什么也没看见。我只知道向自己身上去发现成功的因素，追得愈深，想得愈玄，于是便不能有堕入唯心论的迷魂阵中。

一切环境因素，一切有利的物质条件，一切收入的账都被转到支出项下了，我惊讶于自身无尽的财富，而又找不出它的来源，我的结论只好是"天生德于予"了。于是我不但是英雄，而且是圣人了！

由不曾失败的英雄，一变而为不曾错误的圣人，我便与"真理"同体化了，因而"我"与"人"就变成"是"与"非"的同义语了。从此一切暴行只要是出于我的，便是美德，因为"我"就是"是"。到这时，可怜的个人主义便交了噩运，环境渐渐于我不利，我于是猜忌，疯狂，甚至迷信，我的个人主义终于到了恶性发炎的阶段，我的结局……天知道是什么！

（原载 1944 年 12 月《自由论坛》第 11 期）

什么是儒家——中国士大夫研究之一

"无论在任何国家，"伊里奇在他的《国家论》里说，"数千年间全人类社会的发展，把这发展的一般的合法则性，规则性，继起性，这样的指示给我们了：即是，最初是无阶级社会——贵族不存在的太古的，家长制的，原始的社会；其次是以奴隶制为基础的社会，奴隶占有者的社会。……奴隶占有者和奴隶是最初的阶级分裂。前一集团不仅占有生产手段——土地，工具（虽然工具在那时是幼稚的），而且还占有了人类。这一集团称为奴隶占有者，而提供劳动于他人的那些劳苦的人们便称为奴隶。"中国社会自文明初发出曙光，即约当商盘庚时起，便进入了奴隶制度的阶段，这个制度渐次发展，在西周达到它的全盛时期，到春秋中叶便成强弩之末了，所以我们可以概括地说，从盘庚到孔子，是我们历史上的奴隶社会期。但就在孔子面前，

历史已经剧烈地变革着，转向到另一个时代，孔子一派人大声急呼，企图阻止这一变革，然而无效。历史仍旧进行着，直到秦汉统一，变革的过程完毕了，这才需要暂时休息一下。趁着这个当儿，孔子的后学们，以董仲舒为代表，便将孔子的理想，略加修正，居然给实现了。在长时期变革过程的疲惫后，这是一帖理想的安眠药，因为这安眠药的魔力，中国社会便一觉睡了两千年，直到孙中山先生才醒转一次。孔子的理想既是恢复奴隶社会的秩序，而董仲舒是将这理想略加修正后，正式实现了，那么，中国社会，从董仲舒在中山先生这段悠长的期间，便无妨称为一个变相的奴隶社会。

董仲舒的安眠药何以有这大的魔力呢？要回答这个问题，还得从头说起。相传殷周的兴亡是仁暴之差的结果，这所谓仁与暴分明代表着两种不同的奴隶管理政策。大概殷人对于奴隶榨取过度，以至奴隶们"离心离德"而造成"前途倒戈"的后果，反之，周人的榨取比较温和，所以能一方面赢得自己奴隶的"同心同德"，一方面又能给太公以施行"阴谋"的机会，教对方的奴隶叛变他们自己的主人。仁与暴是漂亮的名词，实际只是管理奴隶的方法有的高明点，有的笨点罢了。周人还有个高明的地方，那便是让胜国的贵族管理胜国的奴隶。《左传》定四年说"周公相王室，分鲁公以……殷民六族……使帅其宗氏，辑其分族，将其类丑，……使之职事于鲁，……分之土田陪敦

（附庸，即仆庸），祝宗卜史，备物典策，官司彝器。……分康叔以……殷民七族。……"这些殷民族六族与七族便是胜国投降的贵族，那些"备物典策，官司彝器"的"祝宗卜史"便是后来所谓"儒士"——寄食于贵族的智识分子。让贵族和智识分子分掌政教，共同管理自己的奴隶（附庸），这对奴隶们和奴隶占有者（周人）双方都有利的，因为以居间的方式他们可以缓和主奴间的矛盾，他们实在做了当时社会机构中的一种缓冲阶层。后来胜国贵族们渐趋没落，而儒士们因有特殊智识和技能，日渐发展成一种宗教文化的行帮企业，兼理着下级行政干部的事务，于是缓冲阶层便为儒士们所独占了。（当然也有一部分没落的胜国贵族，改业为儒，加入行帮的。）

明白了这种历史背景，我们就可以明白儒家的中心思想。因为儒家是一个居于矛盾的两极之间的缓冲阶层的后备军，所以他们最忌矛盾的统一，矛盾统一了，没有主奴之分，便没有缓冲阶层存在的余地。他们也不能偏袒某一方面，偏袒了一方，使一方太强，有压倒对方的能力，缓冲者也无事可做。所谓"君子和而不同"，便是要使上下在势均力敌的局面中和平相处，而切忌"同"于某一方面，以致动摇均势，因为动摇了均势，便动摇自己的地位啊！儒家之所以不能不讲中庸之道，正因他是站在中间的一种人。中庸之道，对上说，爱惜奴隶，便是爱惜自己的生产工具，也便是爱惜自己，所以是有利的；对下说，反正奴隶是做定了，苦也就吃定了，只要能吃少点苦就是幸福，所以也是有利的。然而中庸之道，最有利的，恐怕还是那站在中间，两边玩弄，两边镇压，两边劝谕，做人又做鬼的人吧！孔子之所以宪章文武，尤其梦想周公，无非是初期统治阶级的奴隶管理政策，符合了缓冲阶层的利益，所谓道统者，还是有其社会经济意义的。

可是切莫误会，中庸决不是公平。公平是从是非观出发的，而中庸只是在利害上打算盘。主奴之间还讲什么是非呢？如果是要追究是非，势必牵涉到奴隶制度的本身，如果这制度本身发生了问题，哪里还有什么缓冲阶层呢？显然的，是非问题是和儒家的社会地位根本相抵触的。他只能一面主张"成事不说，遂事不谏，既往不咎"，一面用正名（君君臣臣，父父子子）的理论，维持现有的秩序（既成事实），然后再苦口婆心地劝两面息事宁人，马马虎虎，得过且过。我疑心"中庸"之庸字也就是"附庸"之庸字，换言之，"中庸"便是中层或中间之佣。自身既也是一种佣役（奴隶），天下哪有奴隶支配主人的道理？所以缓冲阶层的真正任务，也不过是恳求主子刀下留情，劝令奴才忍重负辱，"执中无权，犹执一也"，天秤上的码子老是向重的一头移动着，其结果，"中庸"恰恰是"不中庸"。可不是吗？"爵禄可辞也，白刃可蹈也，中庸不可能也！"果然你辞了爵禄，蹈了白刃，那于主人更方便（因为把劝架的人解决了，奴才失去了掩蔽，主人可以更自由地下毒手），何况爵禄并不容易辞，白刃更不容易蹈呢？实际上缓冲阶层还是做了帮凶，"季氏富于周公，而求也为之聚敛而附益之"，冉求的作风实在是缓冲阶层的唯一出路。孔子喝令"小子鸣鼓而攻之"，是冤枉了冉求，因为孔子自己也是"三月无君则皇皇如也"的，冉求又怎能饿着肚子不吃饭呢？

但是，有了一个建筑生产关系上的社会，季氏便必然要富于周公，冉求也必然要为之聚敛，这是历史发展的一定的法则。这法则的意义是什么呢？恰恰是奴隶社会的发展促成了奴隶社会的崩溃。缓冲阶层既依存于奴隶社会，那么冉求这辈的替主人聚敛，也就等于替缓冲阶层掘坟墓。所以毕竟是孔子有远见，"留得青山在，不怕没柴烧"，冉求是自己给自己毁坏青山啊！然而即令是孔子的远见也没有挽回历史。这是命运的作剧吧？做了缓冲阶层，其势不能不帮助上头聚敛，不聚敛，阶层的地位便无法保持，但是聚敛得来使整个奴隶社会的机构都要垮台，还谈得到什么缓冲阶层呢？所以孔子的呼吁如果有效，青山不过是晚坏一天，自己便多烧一天的柴。如果无效，青山便坏得更早点，自己烧柴的日子也就更有限了，孔子的见地远是远点，但比起冉求，也不过是"以百步笑五十步"而已。结果，历史大概是沿着冉求的路线走的，连比较远见的路线都不曾蒙它采纳，于是春秋便以高速度的发展转入了战国，儒家的理想，非

等到董仲舒是不能死灰复燃的。

话又说回来了,儒家思想虽然必需等到另一时代,客观条件成熟,才能复活,但它本身也得有可能复活的主观条件,才能真正复活,否则便有千百个董仲舒,恐怕也是枉然。儒家思想,正如上文所说,是奴隶社会的产物,而它本身又是拥护奴隶社会的。我们都知道,奴隶社会是历史必须通过的阶段(它本身是社会进步的果,也是促使社会进步的原因)。既然必须通过,当然最好是能过得平稳点,舒服点。文武周公所安排的,孔子所表彰的奴隶社会,因为有了那缓和的榨取政策,和为执行这政策而设的缓冲阶层,它确乎是一比较舒服的社会,因为舒服,所以自从董仲舒把它恢复了,二千年的历史全在它的怀抱中睡着了。

诚然,董仲舒的儒家不是孔子的儒家,而董仲舒以后的儒家也不是董仲舒的儒家,但其为儒家则一,换言之,他们的中心思想是一贯的。二千年来士大夫没有不读儒家经典的,在思想上,他们多多少少都是儒家,因此,我们了解了儒家,便了解了中国士大夫的意识观念。

如上文所说,儒家思想是奴隶社会的产物,然则中国士大夫的意识观念是什么,也就值得深长思之了!

(原载 1945 年 1 月昆明《民主周刊》)

第 二 辑
最后一次的讲演

李先生究竟犯了什么罪?竟遭此毒手,他只不过用笔写写文章,用嘴说说话,而他所写的,所说的,都无非是一个没有失掉良心的中国人的话!大家都有一支笔,有一张嘴,有什么理由拿出来讲啊!有事实拿出来说啊!为什么要打要杀,而且又不敢光明正大地来打来杀,而偷偷摸摸地来暗杀!

五四运动的历史法则

大家都知道,近百年来,中国社会是处于一种半封建半殖民地性的状态中。封建的主人地主官僚与殖民国的主人帝国主义,这两个势力之能够同时并存于我们这里,已经说明了它们之间的一种奇异的关系,一种相反而又相成,相克而又相生的矛盾关系。在剥削人民的共同目的上,它们利害相同,所以能够互相结合,互相维护。同时分赃不匀又使它们利害冲突而不能不互相龃龉。然而它们却不能决裂。因为,他们知道,假如帝国主义独占了中国,任凭它的武器如何锋利,民族的仇恨会梗塞着它的喉头,使它不能下咽,假如封建势力垄断了中国,那又只有加深它自己的崩溃,以致在人民革命势力之前,加速它自己的灭亡。总之,被压迫被榨取的,究竟是"人",而人是有反抗性的,反抗而团结起来,便是力量,不是民族的力量,便是民主的力量,这些对于帝国主义或封建势力,都是很讨厌的东西。于是他们想好分工合作,让地主官僚出面执行榨取的任务,以缓和民族仇恨。(这是帝国主义借刀杀人!)让帝国主义一手把着枪炮,一手提着钱袋,站在背后保镖,以软化民主势力。(这是地主官僚狗仗人势!)它们是聪明的,因为,虽然它们的欲壑都有着垄断性与排他性,它们却都愿意极力克制这些,彼此互相包容,互相照顾,互相妥协,而相安于一种近乎均势的状态中。果然,愈是这样,它们的寿命愈长,那就是说,惟其是半封建,半殖民地,中国人民的解放才愈难实现。

可是,帝国主义和封建势力的寿命偏是不能长,而中国人民毕竟非解放不可!基于资本主义国家间内在的矛盾,帝国主义对中国的威力大大的受了制约,矛盾尖锐化到某种程度,使它们自相火拼起来,资本主义就得暂时退出中国。资本主义退出了中国,人民的对手便由两个变成一个,这便好办了!只要能让人民和封建势力以一比一的力量来斗,最后胜利定属于人民。我说最后胜利,因为一上来,封建势力凭了它那优势的据点和优势的武器,确乎来势汹汹,几乎有全盘胜利的把握。但它究竟是过了时的乏货,内部的腐化将逼得它最后必需将据点放弃,武器交出,而归于失败。五四运动及前前后后,便是这个历史事实的具体说明。

一九一四年以前,活动于中国这个政治经济战场上的,是一种三角斗争,包括(一)各个字号的帝国主义,(二)以袁世凯为中心的封建残余势力,以及(三)代表人民力量的市民层民主革命的两股潜伏势力:(甲)国民党政治集团,(乙)北京大学文化集团。那时三个力量中,帝国主义势焰最大,封建势力仅次于帝国主义,政治上代表人民愿望的国民党,几乎是在苟延残喘的状态中保持着一线生机,至于作为后来文化革命据点的北京大学,在政治意义上,更是无足轻重。但等一九一四年,欧洲诸帝国主义国家内在的矛盾,尖锐化到不能不爆发为第一次世界大战,中国的情形便大变了。欧洲列强,不论是协约国或同盟国,为着忙于上前线进攻,或在后方防守,忽然都退出了中国。欧洲帝国主义退出了,中国社会的本质,便立时由半封建半殖民地,变为约当于百分之九十的封建,百分之十的殖民地(这百分之十的主人,不用说,就是日本)。于是袁世凯和他的集团忽然交了红运,可是袁世凯的红运实在短得可怜,而他的余孽,北洋军阀的红运也不太长。真正走红运的倒是人民,你不记得仅仅距袁氏称帝后四年,督军团解散国会和张勋复辟后二年,向封建势力突击的文化大进军,五四运动便出现了吗?从此中国土地上便不断地涌着波澜日益壮阔的民主怒潮,终于使国民革命军北伐成功,北洋军阀彻底崩溃。这时人民力量不但铲除了军阀,还给刚从欧洲抽身回来的帝国主义吃了不少眼前亏。请注意:帝国主义突然退出,封建势力马上抬头,跟着人民的力量就将它一把抓住，经过一番苦斗，终于将它打倒——这一历史公式，特别在今天，是值得我们深深玩味的！

谁说历史不会重演？虽然在细节上，今天的"五四"不同于二十六年前的"五四"，可是在主要成分上，两个时代几乎完全是一样的。第二次世界大战爆发，欧洲帝国主义退出，于是中国半殖民地的色彩取消了，半封建便一变而为全封建，（请在复古空气和某种隆重礼物的进献中注意筹安会的鬼，还有这群鬼群后的袁世凯的鬼！）现在封建势力正在嚣张的时候，可是，人民也并没有闲着，代表人民愿望，发挥人民精神，唤醒人民力量的政治、文化种种集团也都不缺少，满天乌云，高耸的树梢上已在沙沙发响，近了，更近了，暴风雨已经来到，一场苦斗是不能避免的。至于最后的胜利，放心吧！有历史给你做保证。

历史重演，而又不完全重演。从二十六年前的"五四"到今天，恰是螺旋式的进展了一周。一切都进步了。今天帝国主义的退出，除了实际活动力量与机构的撤退，还有不平等条约的取消，中国人卖身契的撕毁。这回帝国主义的退出是正式的，至少在法律上，名义上是绝对的，中国第一次，坐上了"列强"的交椅。帝国主义进一步的撤退，是促使或放纵封建势力进一步的伸张的因素，所以随着帝国主义的进步，封建势力也进步了。战争本应使一个国家更加坚强，中国却愈战愈腐化，这是什么缘故?原来腐化便是封建势力的同义语,不是战争,而是封建余毒腐化了中国。今天政治,经济,社会,文化的腐化方面,比二十六年前更变本加厉,是公认的事实。时髦的招牌和近代化的技术,并不能掩饰这些事实。反之,都是加深腐化的有力工具,和保育毒菌的理想温度。然而封建势力的进步,必然带来人民力量的进步,这可分四方面讲。(一)西南大后方市民阶层的民主运动。这无论在认识上,组织上或进行方法上,比起五四时都进步多了,详情此地不能讨论。(二)敌后的民主中国。这个民主的大本营,论成绩和实力,远非五四时代的广东所能比拟,是人人都知道的。(三)封建势力内部的醒觉分子。这部分民主势力,现在还在潜伏期中,一旦爆发,它的作用必然很大。这是五四时代几乎完全没有过的一种势力,今天在昆明,它尤其被一般人所忽略。以上三种力量都是自觉的,另有一种不自觉的,但也许比前三者更强大的力量,那便是(四)大后方水深火热中的农民。虽然他们不懂什么是民主,但是谁逼得他们活不下去,他们是懂得的。五四时代,因帝国主义退出,中国民族工业得以暂时繁荣,一般说来,人民的生活是走上坡路的。今天的情形,不用说,和那时正相反。这情形是政治腐化的结果,而政治腐化的责任,正如上文所说,是不能推在抗战身上的。半个民主的中国不也在抗战吗?而且抗得更多,人民却不饿饭。(还不要忘记那本是中国最贫瘠的区域之一。)原来抗战中我们这大后方,是被人利用了,当作少数人吸血的工具利用了。黑幕已经开始揭露,血债早晚是要还清的,到那时,你自会认识这股力量是如何的强大。

帝国主义的进步,封建势力的进步,结果都只为人民的进步造了机会,为人民的胜利造了机会。不管道路如何曲折,最后胜利永远是属于人民的,二十六年前如此,今天也如此。在"五四"的镜子里,我们看出了历史的法则。

一九四五、四、二七

(原载1945年5月昆明《民主周刊》)

"五四"断想

旧的悠悠死去,新的悠悠生出,不慌不忙,一个跟一个,——这是演化。

新的已经来到,旧的还不肯去,新的急了,把旧的挤掉,——这是革命。

挤是发展受到阻碍时必然的现象,而新的必然是发展的,能发展的必然是新的,所以青年永远是革命的,革命永远是青年的。

新的日日壮健着(量的增长),旧的日日衰老着(量的减耗),壮健的挤着衰老的,没有挤不掉的。所以革命永远是成功的。

革命成功了,新的变成旧的,又一批新的上来了。旧的停下来拦住去路,说:"我是赶过路程来的,我的血汗不能白流,我该歇下来舒舒服服。"新的说:"你的舒服就是我的痛苦,你耽误了我的路程。"又把他挤掉，……如此，武戏接二连三地演下去，于是革命似乎永远"尚未成功"。

让曾经新过来的旧的，不要只珍惜自己的过去，多多体念别人的将来，自己腰酸腿痛，拖不动了，就赶紧让。"功成身退"，不正是光荣吗？"后生可畏，焉知来者之不如今也！"这也是古训啊！

其实青年并非永远是革命的，"青年永远是革命"这定理，只在"老年永远是不肯让路的"这前提下才能成立。

革命也不能永远"尚未成功"。几时旧的知趣了，到时就功成身退，不致阻碍了新的发展，革命便成功了。

旧的悠悠退去，新的悠悠上来，一个跟一个，不慌不忙，哪天历史走上了演化的常轨，就不再需要变态的革命了。

但目前，我们还要用"挤"来争取"悠悠"，用革命来争取演化。"悠悠"是目的，"挤"是达到目的的手段。

于是又想到变与乱的问题。变是悠悠的演化，乱是挤来挤去的革命。若要不乱挤，就只得悠悠地变。若是该变而不变，那只有挤得你变了。

子在川上，曰："逝者如斯夫，不舍昼夜！"古训也发挥了变的原理。

（原载 1945 年西南联大《悠悠体育会周年五四纪念特刊》）

妇女解放问题

认清楚对象

争取妇女解放的对象该是整个社会而不是男性。一切问题都是这不合理的社会所产生，都该去找社会去算账。但社会是看不见的，在这里只能用个人的想象来把它看成一个集体的东西——房屋。我们在这房屋中间生活了几千年，每人都被安放在一个角落上，有的被放得好，放得正，生活过得舒服，有的被放得不正，生活不舒服，就想法改良反抗，于是推推挤挤拿旁人来出气，其实，旁人也没有办法，也不能负责的，这是整个社会结构的问题，就像一座房屋，盖得既不好，年代又久了，住得不舒服，修修补补是没有用处的，就只有小心地把房屋拆下，再重新按照新的设计图样来建筑。对于社会而言，这种根本的办法，就是"革命"。革命并非毁灭，只是小心地把原料拆下来，重新照新计划改造。所以计划得很好的革命，并不是太大的事情。

奴隶制度产生的因素有二：一是种族，二是两性

现在的社会是不合理的，因为这社会里有阶级，阶级的产生由于奴隶制度。奴隶制度产生的因素有两个：一是种族，二是两性。在两个种族打仗的时候，甲族的人被乙族俘去了，作为生产工具，即是奴隶，原来平等的社会就开始分裂成主奴两个阶级。奴隶的数目愈来愈多的时候，这两个阶级的分别也愈为明显，倘没有另外的种族，那么一切不平等，阶级产生的可能性也可减少。其次，问到最初被俘的甲族人是男的还是女的，回答说是女的。被俘来的不仅作奴隶，还可作妻子。因为在图腾社会中有一种很重要的制度叫"外婚制"，就是男子不能和他本族的女子结婚，一定得找外族的女子作配偶。在这制度下两族本可交换女子结婚，但因古代婚姻，不单是解决两性的问题，重要的还是经济的问题，大家都需要生产，劳动力，女子在未嫁前帮娘家作活，娘家当然不愿她出嫁而减少一个帮手，使自己受到损失，所以老把女儿留在家里。但另一边同样急切地需要她去生产孩子，在这争持的情形下，产生了抢婚的行为，她既是被抢来的生产工人，便怕她逃回去，或被娘家的人抢回，才用绳子捆起，成为这族的奴隶，所以谈到奴隶制度时，两性的因素不可缺少，甚至"奴隶制"是"外婚制"的发展呢！

女性·奴性和妓性

中国的古人造字,"女"字是"𡚨"或"*",象征绳子把坐着的人捆住,而"女"字和"奴"字在古时不但声音一样,意义也相同,本来是一个字,只是有时多加一只手牵着"*"而已,那时候,未出嫁的女儿叫"子",出嫁后才叫"女"或"奴",所以妇女的命运从历史的开始起,就这么惨了。

现在的社会里,奴隶已逐渐解放了,最先被解放的奴隶是距主人最远的农业奴隶,主人住在城里,他们住在乡间。其次被解放的是贵族的工商职奴隶,主人住在内城,他们住在外城。再其次是在主人身边伺候主人的听差老妈子,而资格最老,历史最久的奴隶——妇女——却还没有得到解放,因为她们和她们的主子——丈夫——的距离太近,关系太密切了,而且生活过得也还可以,不觉得要解放。

从历史上看中国的女性,就是奴性的同义字,三从四德就是奴性的内容。再不客气地说一句,近代西洋女性的妓性比较起来也好不了多少,只是男女关系不固定些而已。奴则老是呆在家里,不准外出,而且固定属于一个男子,妓则要自由得多,妓固有被迫去当的,但自动去当妓,多少带点反抗性,所以近代西洋的妓性比中国的奴性要好一点,因为已解放了一纲,只是不彻底而已。

真女性应该从母性出发而不从妻性出发

彻底解放了的新女性应该是真女性。我们先设想在奴隶社会没开始时的那个没有阶级，没有主奴关系的社会，真女性就该以那社会中的天然的，本来的，真正的女性做标准。有人说女子总是女子，在生理上和男子不同，就进化来证明女子该进厨房，其实是不对的。根据人类学，在原始时的女性中心社会里的女子，长得和这时代的女子不同，胸部挺起，声量宽洪，性格刚强，而那时的男子反因坐得久了，脂肪积储在下体，使臀部变大，同时又因须抚养儿女，性情温柔，声音细弱，所以除了女子能生育而产生母子关系而外，和男子并没有什么不同。真女性就应该从母性出发而不从妻性出发，（从妻性出发不成为奴即成妓。）母亲对待儿子总是慈爱的，愿为儿子操劳，忍耐，甚至勇敢地牺牲，从母性出发的真女性是刚强的，具备一切美德如：仁慈，忍耐，勇敢，坚强。就是雌性的动物在哺乳的时候，总是比雄的还来得凶，来得可怕，俗语中的"母大虫"，"雌老虎"，古书上称猎得乳虎的做英雄，都是这个意思。女子彻底解放以后，将来的文化要由女子来领导，一切都以妇女为表率，为模范，为中心。

我们不反对女子中看又中用，但最要紧的还是中用

妇女的解放，并不是个人的努力所能成功的，必须从整个社会下手，拆下旧房屋，再按照新计划去盖造，使成为没有阶级，没有主奴关系的社会。历史照螺旋形发展，从当初开始有奴隶的社会到今天刚好绕了一圈，现在又要到没有奴隶的社会了，这并不是进化，不过这得有理想，有魄力，才能改变到一个新社会。三千年来的历史全错了，要是有一点地方对的，也是偶然碰上了而已。我的这种想法也许有点大胆，有点浪漫；但在有些地方——譬如苏联，已经试验成功了。台维斯的《出使莫斯科记》里说："美国的女子中看不中用，苏联的女子中用不中看。"苏联的女子就是从母性出发的真女性，是实际有用的，并不是供人看看的花瓶。当然我们不反对女子中看又中用，但最要紧的还是中用，倘以中看为标准而做去，充其量，只是表现出妓性。还有《延安一月》的作者告诉我们延安的妇女已不像女性，也就是说延安的妇女是真正的解放了，已不再是奴隶了。现在既有具体的，试验成功的榜样供大家学习，为什么还躲在这社会里呻吟而逃避呢？毕竟妇女解放问题被提出了，热烈地展开讨论了，表示妇女解放的条件已成熟，离真正解放的日子也不远了，一旦妇女真正解放，文化也就变成新的，文学艺术各部门都要以新姿态出现了！

（原载 1945 年《大路》第 5 期）

兽·人·鬼

刽子手们这次杰作，我们不忍再描述了，其残酷的程度，我们无以名之，只好名之曰兽行，或超兽行。但既已认清了是兽行，似乎也就不必再用人类的道理和它费口舌了。甚至用人类的义愤和它生气，也是多余的。反正我们要记得，人兽是两立的，而我们也深信，最后胜利必属于人！

胜利的道路自然是曲折的，不过有时也实在曲折得可笑。下面的寓言正代表着目前一部分人所走的道路。

村子附近发现了虎，孩子们凭着一般锐气，和虎搏斗了一场，结果遭牺牲了，于是成人们之间便发生了这样一串纷歧的议论：

——立即发动全村的人手去打虎。

——在打虎的方法没有布置周密时，劝孩子们暂勿离村，以免受害。

——已经劝阻过了,他们不听,死了活该。

——咱们自己赶紧别提打虎了,免得鼓励了孩子们去冒险。

——虎在深山中,你不惹它,它怎么会惹你?

——是呀!虎本无罪,祸是喊打虎的人闯的。

——虎是越打越凶的,谁愿意打谁打好了,反正我是不去的。

议论发展下去是没完的,而且有的离奇到不可想象。当然这里只限于人——善良的人的议论。至于那"为虎作伥"的鬼的想法,就不必去揣测了。但愿世上真没有鬼,然而我真担心,人既是这样的善良,万一有鬼,是多么容易受愚弄啊!

(原载 1945 年 12 月《时代评论》第 6 期)

一二·一运动始末记

自从民国三十三年双十节,昆明各界举行纪念大会,发表国是宣言,提出积极的政治主张,这里的学生,配合着文化界、妇女界、职业界的青年,便开始团结起来,展开热烈的民主运动,不断地喊出全国人民最迫切的要求。各大中学师生关于民主政治的无数次演讲、讨论和各种文艺活动的集会,各界人士许多次对国是的宣言,以及三十三年护国纪念,三十四年五四纪念的两次大游行,这些活动,和其它后方各大城市的沉默,恰好形成一个鲜明的对照,在这沉默中,谁知道他们对昆明,尤其昆明的学生,怀抱着多少欣羡,寄托着多少期望!

三十四年八月,日本正式投降,全国欢欣鼓舞,以为八年来重重的苦难,从此结束。但是不出两月,便在十月三日,云南省政府突然改组,驻军发生冲突,使无辜的市民饱受惊扰,

而且遭遇到并不比一次敌机的空袭更少的死伤。昆明市民的喘息未定，接着全国各地便展开了大规模的内战。人人怀着一颗沉重的心，瞪视着这民族自杀的现象。昆明，被人们欣羡和期望着的昆明，怎么办呢？是的，暴风雨是要来的，昆明再不能等了，于是十一月二十五日晚，国立西南联合大学，国立云南大学，私立中法大学，和省立英语专修学校等四校学生自治会，在西南联大新校舍草坪上，召开了反对内战呼吁和平的座谈会，到会者五千余人。似乎反动者也不肯迟疑，在教授们的讲演声中，会场四周，企图威胁到会群众和扰乱会场秩序的机关枪、冲锋枪、小钢炮一齐响了，散会之后，交通又被断绝，数千人在深夜的寒风中踯躅着，抖颤着。昆明愤怒了！

　　翌日，全市各校学生，在市民普遍的同情与支持之下，相率罢课，表示抗议，并要求当局查办包围学校开枪的军队，撤销事前号称地方党政军联席会议所颁布的禁止集会游行的非法禁令。当局对学生们这些要求的答复是什么呢？除种种造谣诬蔑和企图破坏学生团结的所谓"反罢课委员会"的卑劣阴谋外，便是十一月三十日，特务们的棍子、石头、手枪、刺刀，对全市学生罢课联合委员会宣传队的沿街追打。然而这只是他们进攻的序幕。十二月一日，从上午九时到下午四时，大批的特务和身着制服、佩带符号的军人，携带武器，分批闯入云南大学，中法大学、联大工学院、师范学院、联大附中等五处，捣毁校具，劫掠财物，殴打师生。同时在联大新校舍门前，暴徒们于攻打校门之际，投掷手榴弹一枚，结果南菁中学教员于再先生中弹重伤，当晚十时二十分，在云大医院逝世。同时在联大师范学院，正当铁棍、石头飞舞之中，大批学生已经负伤倒地，又飞来三颗手榴弹，中弹重伤的联大学生李鲁连君，仅只奄奄一息了，又在送往医院的途中，被暴徒拦住，惨遭毒打，遂至登时气绝。奋勇救护受伤同学的联大学生潘琰小姐，已经胸部被手榴弹炸伤，手指被弹片削掉，倒地后，腹部上又被猛戳三刀，便于当日下午五时半在云大医院的病榻上，喊着"同学们团结呀！"与世长辞了。昆华工校学生张华昌君，闻变赶来援救联大同学，头部被弹片炸破，右耳满盛着血液，红色上浮着白色的脑浆，这条仅只十七岁的生命，绵延到当日下午五时在甘美医院也结束了。此外联大学生缪祥烈君，左腿骨炸断，后来医治无效，只好割去变成残废。总计各校学生受伤者十一人，轻伤者十四人，联大教授也有多人痛遭殴辱的。各处暴徒从肇事逞凶时起，到任务完成后，高呼口号，扬长过市时止，始终未受到任何军警的干涉。

这就是昆明学生的民主运动，和它的最高潮"一二·一"惨案的概略。

"一二·一"是中华民国建国以来最黑暗的一天，但也就在这一天，死难四烈士的血给中华民族打开了一条生路。从这天

起,在整整一个月中,作为四烈士灵堂的联大图书馆,几乎每日都挤满了成千成万,扶老携幼的致敬的市民,有的甚至从近郊几十里外赶来朝拜烈士们的遗骸。从这天起,全国各地,乃至海外,通过物质的或精神的种种不同的形式,不断地寄来人间最深厚的同情的最崇高的敬礼。在这些日子里,昆明成了全国民主运动的心脏,从这里吸收着也输送着愤怒的热血的狂潮。从此全国的反内战、争民主的运动,更加热烈地展开,终于在南北各地一连串的血案当中,促成了停止内战,协商团结的新局面。

愿四烈士的血是给新中国的历史写下了最初的一页,愿它已经给民主的中国奠定了永久的基石!如果这愿望不能立即实现的话,那么,就让未死的战士们踏着四烈士的血迹,再继续前进,并且不惜汇成更巨大的血流,直至在它面前,每一个糊涂的人都清醒起来,每一个怯懦的人都勇敢起来,每一个疲乏的人都振作起来,而每一个反动者都战栗地倒下去!四烈士的血不会是白流的。

民国三十五年二月

(1946年2月原镌刻于昆明四烈士墓前两根石柱的基座上,载开明版《闻一多全集》)

最后一次的讲演

这几天,大家晓得,在昆明出现了历史上最卑劣,最无耻的事情!李先生究竟犯了什么罪?竟遭此毒手,他只不过用笔写写文章,用嘴说说话,而他所写的,所说的,都无非是一个没有失掉良心的中国人的话!大家都有一支笔,有一张嘴,有什么理由拿出来讲啊!有事实拿出来说啊!为什么要打要杀,而且又不敢光明正大地来打来杀,而偷偷摸摸地来暗杀!(鼓掌)这成什么话?(鼓掌)

今天,这里有没有特务?站出来,是好汉的站出来!你出来讲!凭什么要杀死李先生?(厉声,热烈的鼓掌)杀死了人,又不敢承认,还要诬蔑人,说什么"桃色案件"。说什么共产党杀共产党,无耻啊!无耻啊!(热烈的鼓掌)这是某集团的无耻,恰是李先生的光荣!李先生在昆明被暗杀,是李先生留给

昆明的光荣！也是昆明人的光荣！

去年"一二·一"昆明青年学生为了反对内战，遭受屠杀，那算是年青一代，献出了他们的血，献出了他们最宝贵的生命！现在李先生为了争取民主和平，而遭受了反动派的暗杀，我们骄傲一点说，这算是像我这样大年纪的一代，我们的老战友，献出了最宝贵的生命。这两桩事发生在昆明，这算是昆明无限的光荣！（热烈的鼓掌）

反动派暗杀李先生的消息传出后，大家听了都摇头，我心里想，这些无耻的东西，不知他们是怎么想法？他们的心理是什么状态？他们的心是怎样长的？其实很简单，他们这样疯狂地来制造恐怖，正是他们自己在慌啊！在害怕啊！所以他们制造恐怖，其实是他们自己在恐怖啊！特务们，你们想想，你们还有几天，你们完了，快完了！你们以为打伤几个，杀死几个，就可以了事，就可以把人民吓倒了吗？其实广大的人民是打不尽的，杀不完的，要是这样可以的话，世界上早没有人了。你们杀死了一个李公朴，会有千百万个李公朴站起来！你们将失去千百万的人民！你们看着我们人少，没有力量。告诉你们，我们的力量大得很！多得很！看今天来的这些人，都是我们的人，都是我们的力量！此外还有广大的市民！我们有这个信心：人民的力量是胜利的，真理是永远存在的，历史上没有一个反人民的势力不被人民毁灭的！希特勒，莫索里尼不都在人民之前倒下了吗？翻开历史看看，你还站得住几天！你完了，快完了！我们的光明就要出现了。我们看，光明就在我们的眼前，而现在正是黎明之前那个最黑暗的时候。我们有力量打破这个黑暗，争到光明！我们的光明，就是反动派的末日！（热烈的鼓掌）

反动派故意挑拨美苏的矛盾，想利用这矛盾来打内战。任你们怎么样挑拨，怎么样离间，美苏不一定打呀！现在四外长会议已经圆满闭幕了。这不是说美苏间已没有矛盾，但是可以让步，可以妥协。事情是曲折的，不是直线的。我们的新闻被封锁着，不知道美苏的开明舆论如何抬头，我们也看不见广大的美国人民的那种新的力量，在日益增长。但是，事实的反映，我们可以看出。

第一，现在司徒雷登出任美驻华大使，司徒雷登是中国人民的朋友，是教育家，他生长在中国，受的美国教育。他住在中国的时间比住在美国的时间长，他就如一个中国的留美生一样，从前在北平时，也常见面，他是一位和蔼可亲的老者，是真正知道中国人民的要求的。这不是说司徒雷登有三头六臂，能替中国人民解决一切，而是说美国人民的舆论抬头，美国才有这转变。

其次，反动派干得太不像样了，在四外长会议上，才不要中国做二十一国和平会议的召集人，这就是做点颜色给你看看，

这也说明美国的支持是有限度的，人民的忍耐和国际的忍耐也是有限度的。

李先生的血，不会白流的。李先生赔上了这条性命，我们要换来一个代价。"一二·一"四烈士倒下了，年青的战士们的血，换来了政治协商会议的召开，现在李先生倒下了，他的血要换取政协会议的重开！（热烈的鼓掌）我们有这个信心！（鼓掌）

"一二·一"是昆明的光荣，是云南人民的光荣，云南有光荣的历史，远的如护国，这不用说了，近的如"一二·一"，都是属于云南人民的，我们要发扬云南光荣的历史！

反动派挑拨离间，卑鄙无耻，你们看见联大走了，学生放暑假了，便以为我们没有力量了吗？特务们！你们错了！你们看看今天到会的一千多青年，又握起手来了，我们昆明的青年决不会让你们这样横干下去的！

历史赋予昆明的任务是争取民主和平，我们昆明的青年必须完成这任务！

我们不怕死，我们有牺牲的精神，我们随时像李先生一样，前脚跨出大门，后脚就不准备再跨进大门！（长时间热烈的鼓掌）

（原载 1946 年 8 月《民主周刊》第 3 卷）

文艺与爱国——纪念三月十八

铁狮子胡同大流血之后《诗刊》就诞生了,本是碰巧的事,但是谁能说《诗刊》与流血——文艺与爱国运动之间没有密切的关系?

"爱国精神在文学里,"我让德林克瓦特讲,"可以说是与四季之无穷感兴,与美的逝灭,与死的逼近,与对妇人的爱,是一种同等重要的题目。"爱国精神之表现于中外文学里已经是层出不穷,数不胜数。爱国运动能够和文学复兴互为因果,我只举最近的一个榜样——爱尔兰,便是明确的证据。

我们的爱国运动和新文学运动何尝不是同时发轫的?他们原来是一种精神的两种表现。在表现上两种运动一向是分道扬镳的。我们也可以说正因为他们没有携手,所以爱国运动的收效既不大,新文学运动的成绩也就有限了。

爱尔兰的前例和我们自己的事实已经告诉我们了：这两种运动合起来便能够互收效益，分开来定要两败俱伤。所以《诗刊》的诞生刚刚在铁狮子胡同大流血之后，本是碰巧的；我却希望大家当他不是碰巧的。我希望爱自由，爱正义，爱理想的热血要流在天安门，流在铁狮子胡同，但是也要流在笔尖，流在纸上。

同是一种热烈的情怀，犀利的感觉，见了一片红叶掉下地来，便要百感交集，"泪浪滔滔"，见了十三龄童的赤血在地下踩成泥浆子，反而漠然无动于衷。这是不是不近人情？我并不要诗人替人道主义同一切的什么主义捧场。因为讲到主义便是成见了。理性铸成的成见是艺术的致命伤；诗人应该能超脱这一点。诗人应该是一张留声机的片子，钢针一碰着他就响。他自己不能决定什么时候响，什么时候不响，他完全是被动的。他是不能自主，不能自救的。诗人做到了这个地步，便包罗万有，与宇宙契合了。换句话说，就是所谓伟大的同情心——艺术的真源。

并且同情心发达到极点，刺激来得强，反动也来得强，也许有时仅仅一点文字上的表现还不够，那便非现身说法不可了。所以陆游一个七十衰翁要"泪洒龙床请北征"，拜伦要战死在疆场上了。所以拜伦最完美，最伟大的一首诗，也便是这一死。所以我们觉得诸志士们三月十八日的死难不仅是爱国，而且是伟大的诗，我们若得着死难者的热情的一部分，便可以在文艺上大成功；若得着死难者的热情的全部，便可以追他们的踪迹，杀身成仁了。

因此我们就将《诗刊》开幕的一日最虔诚地献给这次死难的志士们了！

谨防汉奸合法化

百年以来，中华民族的历史是一部不断的反帝国主义反封建的斗争史，八年抗战依然是这斗争史的继续。由于帝国主义与封建势力永远是互相勾结，狼狈为奸的，所以两种斗争永远得双管齐下。虽则在一定的阶级中，形式上我们不能不在二者之中选出一个来作为主要的斗争对象，但那并不是说，实质上我们可以放松其余那一个。而且斗争愈尖锐，他们二者团结得也愈紧，抓住了一个，其余一个就跑不掉，即令你要放走他，也不可能。这恰好就是目前的局势。对外民族抗战阶段中的敌伪，就是对内民主革命阶段中的帝（国主义）封（建势力），这是无需说明的，而目前的敌伪，早已在所谓"共荣圈"中，变成了一个浑一的共同体，更是鲜明的事实。现在日寇已经投降，惩治日寇战犯的办法，固然需待同盟国共同商讨，但惩治汉奸是我们自己的事,然而直到今天,我们还没有听见任何关于处理汉奸的办法。

当初我们那样迫切要求对日抗战,一半固然因为敌人欺我太甚,一半也是要逼着那些假中国人和抱着委屈勉强做中国人的中国人,索性都滚到他们主子那边去,让我们阵线黑白分明,便于应战,并且到时候,也好给他们一网打尽。果然,抗战爆发,一天一天,汉奸集团愈汇愈大,于是一年一年,一个伪组织又一个伪组织,一批伪军又一批伪军。但是那时我们并不着急,我们只有高兴,因为正如上面所说,这样在战术上是于我们绝对有利的。可是到了今天,八年浴血苦斗所争来的黑白,恐怕又要被搅成八年以前黑白不分的混沌状态了。这种现象是中国人民所不能忍受的。硬把汉奸合法化了,只是掩耳盗铃的笨拙的把戏,事实的真相,每个人民心头是雪亮的。并且按照逻辑的推论,人民也会想到:使汉奸合法化的,自己就是汉奸。而对于一切的汉奸,人民的决心是要一网打尽的。因此,我们又深信八年抗战既已使黑白分明,要再混淆它,已经是不可能的。谁要企图这样做,结果只是把自己混进"黑名单"里,自取灭亡之道!

(原载1945年9月昆明《中央日报胜利日特刊》)

文学的历史动向

人类在进化的途程中蹒跚了多少万年，忽然这对近世文明影响最大最深的四个古老民族——中国、印度、以色列、希腊——都在差不多同时猛抬头，迈开了大步。约当纪元前一千年左右，在这四个国度里，人们都歌唱起来，并将他们的歌记录在文字里，给流传到后代。在中国，《三百篇》里最古部分——《周颂》和《大雅》，印度的《黎俱吠陀》（Rig-Veda），《旧约》里最早的《希伯来诗篇》，希腊的《伊利亚特》（Iliad）和《奥德赛》（Odyssey）——都约略同时产生。再过几百年，在四处思想都醒觉了，跟着比较可靠的历史记载的出现，从此，四个文化，在悠久的年代里，起先是沿着各自的路线，分途发展，不相闻问，然后，慢慢地随着文化势力的扩张，一个个地胳臂碰上了胳臂，于是吃惊，点头，招手，交谈，日子久了，也就交换了观念思想与习惯。最后,四个文化慢慢地都起着变化,互相吸收,融合,以至总有那么一天,四个的个别性渐渐消失,于是文化只有一个世界的文化。这是人类历史发展的必然路线,谁都不能改变,也不必改变。

上文说过,四个文化猛进的开端都表现在文学上,四个国度里同时迸出歌声。但那歌的性质并非一致的。印度、希腊,是在歌中讲着故事,他们那歌是比较近乎小说戏剧性质的,而且篇幅都很长,而中国、以色列则都唱着以人生与宗教为主题的较短的抒情诗。中国与以色列许是偶同,印度与希腊都是雅利安种人,说着同一系统的语言,他们唱着性质比较类似的歌,倒也不足怪。

中国,和其余那三个民族一样,在他开宗第一声歌里,便预告了他以后数千年间文学发展的路线。《三百篇》的时代,确乎是一个伟大的时代,我们的文化大体上是从这一刚开端的时期就定型了。文化定型了,文学也定型了,从此以后二千年间,诗——抒情诗,始终是我们文学的正统的类型,甚至除散文外,它是惟一的类型,赋、词、曲,是诗的支流,一部分散文,如赠序、碑志等,是诗的副产品,而小说和戏剧又往往以各自不同的方式夹杂些诗。诗,不但支配了整个文学领域,还影响了造型艺术,它同化了绘画,又装饰了建筑(如楹联、春帖等)和许多工艺美术品。

诗似乎也没有在第二个国度里,像它在这里发挥过的那样大的社会功能。在我们这里,一出世,它就是宗教,是政治,是教育,是社交,它是全面的生活。维系封建精神的是礼乐,阐发礼乐意义的是诗,所以诗支持了那整个封建时代的文化。此后,在不变的主流中,文化随着时代的进行,在细节上曾多少发生过一些不同的花样。诗,它一面对主流尽着传统的呵护的职责,一方面仍给那些新花样忠心地服务。最显著的例是唐朝。那是一个诗最发达的时期,也是诗与生活拉拢得最紧的一个时期。

从西周到春秋中期,从建安到盛唐,这中国文学史上两个最光荣的时期,都是诗的时期。两个时期各各拖着一条姿势稍异,但同样灿烂的尾巴,前者是《楚辞》《汉赋》,后者是五代宋词,而这辞赋与词还是诗的支流。然则从西周到宋,我们这大半部文学史,实质上只是一部诗史。但是诗的发展到北宋实际也就完了。南宋的词已经是强弩之末。就诗本身说,连尤、杨、范、陆和稍后的元遗山似乎都是多余的,重复的,以后的更不必提了。我们只觉得明清两代关于诗的那许多运动和争论都是无味的挣扎。每一度挣扎的失败,无非重新证实一遍那挣扎的徒劳无益而已。本来从西周唱到北宋,足足二千年的工夫也够长的了,可能的调子都已唱完了。到此,中国文学史可能不必再写,假如不是两种外来的文艺形式——小说与戏剧,早在旁边静候着,准备届时上前来"接力"。是的,中国文学史的路线南宋起便转向了,从此以后是小说戏剧的时代。

故事与雏形的歌舞剧,以前在中国本土不是没有,但从未发展成为文学的部门。对于讲故事,听故事,我们似乎一向就不大热心。不是教诲的寓言,就是纪实的历史,我们从未养成单纯地为故事而讲故事、听故事的兴趣。我们至少可说,是那充满故事兴味的佛典之翻译与宣讲,唤醒了本土的故事兴趣的萌芽,使它与那较进步的外来形式相结合,而产生了我们的小说与戏剧。故事本是民间的产物,不用讳言,它的本质是低级的(便在小说戏剧里,过多的故事成分不也当悬为戒条吗?)。正如从故事发展出来的小说戏剧,其本质是平民的,诗的本质是贵族的,要晓得它们之间距离很大,而距离是会孕育恨的。所以我们的文学传统既是诗,就不但是非小说戏剧的,而且推到极端,可能还是反小说戏剧的。若非宗教势力带进来那点新鲜刺激,而且自己的歌实在也唱到无可再唱的了,我们可能还继续产生些《韩非·说储》,或《燕丹子》一类的故事和《九歌》一类的雏形歌舞剧,但是,元剧和章回小说决不会有。然而本土形式的花开到极盛,必归于衰谢,那是一切生命的规律,而两个文化波轮由扩大而接触而交织,以致新的异国形式必然要闯进来,也是早经历史命运注定了的。异国形式也许早就来到了,早到起码是汉朝佛教初输入的时候,你可以在几百年中不注意它,等到注意了之后,还可以延宕,踌躇个又一度几百年；直到最后，万不得已的，这才死心塌地，接受了吧！但那只是迟早问题。反正自己的花无法再开，那命数你得承认。新的种子从外面来到，给你一个再生的机会，那是你的福分。你有勇气接受它，是你的聪明，肯细心培植它，是有出息，结果居然开出很不寒伧的花朵来，更足以使你自豪！

第一度外来影响刚刚扎根，现在又来了第二度的。第一度佛教带来的印度影响是小说戏剧，第二度基督教带来的欧洲影响又是小说戏剧（小说戏剧是欧洲文学的主干，至少是特色），你说这是碰巧吗？

不然。欧洲文化正如它的鼻祖希腊文化一样，和印度文化往大处看，还不是一家？这样说来，在这两度异乡文化东渐的阵容中，印度不过是欧洲的头，欧洲是印度的尾而已。就文化接触的全盘局势来看，头已进来，尾的迟早必需来到，应该也是早已料到的事。第一度外来影响，已经由扎根而开花了，但还不算开到最茂盛的地步，而本土的旧形式，自从枯萎后，还不见再荣的迹象，也实在没有再荣的理由。现在第二度外来影响，又与第一度同一种类，毫无问题，未来的中国文学还要继续那些伟大的元明清人的方向，在小说戏剧的园地上发展。待写的一页文学史，必然又是一段小说戏剧史，而且较向前的一段，更为热闹，更为充实。

但在这新时代的文学动向中，最值得揣摩的，是新诗的前途。你说,旧诗的生命诚然早已结束,但新诗——这几乎是完全重新再做起的新诗,也没有生命吗?对了,除非它真能放弃传统意识,完全洗心革面,重新做起。但那差不多等于说,要把诗做得不像诗了。也对。说得更确点,不像诗,而像小说戏剧,至少让它多像点小说戏剧,少像点诗。太多"诗"的诗,和所谓"纯诗"者,将来恐怕只能以一种类似解嘲与抱歉的姿态,为极少数人存在着。在一个小说戏剧的时代,诗得尽量采取小说戏剧的态度,利用小说戏剧的技巧,才能获得广大的读众。这样做法并不是不可能的。在历史上多少人已经做过,只是不大彻底罢了。新诗所用的语言更是向小说戏剧跨近了一大步,这是新诗之所以为"新"的第一个也是最主要的理由。其它在态度上,在技术上的种种进一步的试验,也正在进行着。请放心,历史上常常有人把诗写得不像诗,如阮籍、陈子昂、孟郊,如华茨渥斯(Wordsworth),惠特曼(Whitman),而转瞬间便是最真实的诗了。诗这东西的长处就在它有无限度的弹性,变得出无穷的花样,装得进无限的内容。只有固执与狭隘才是诗的致命伤,纵没有时代的威胁,它也难立足。

每一时代有一时代的主潮,小的波澜总得跟着主潮的方向推进,跟不上的只好留在港汊里干死完事。战国秦汉时代的主潮是散文。一部分诗服从了时代的意志,散文化了,便成就了《楚辞》和初期的《汉赋》,成就了《铙歌》,这些都是那时代的光荣。另一部分诗,如《郊祀歌》、《安世房中歌》、韦孟《讽谏诗》之类,跟不上潮流,便成了港汊中的泥淖。

明代的主潮是小说,《先妣事略》、《寒花葬志》和《项脊轩记》的作者归有光,采取了小说的以寻常人物的日常生活为描写对象的态度和刻画景物的技巧,总算是黏上了点时代潮流的边儿(他自己以为是读《史记》读来了的,那是自欺欺人的话),所以是散文家中欧公以来惟一顶天立地的人物。其他同时代的散文家,依照各人小说化的程度的比例,也多多少少有些成就,至于那般诗人们只忙于复古,没有理会时代,无疑那将被未来的时代忘掉。以上两个历史的教训,是值得我们的新诗人书绅的。

四个文化同时出发,三个文化都转了手,有的转给近亲,有的转给外人,主人自己却都没落了,那许是因为他们都只勇于"予"而怯于"受"。中国是勇于"予"而不太怯于"受"的,所以还是自己的文化的主人,然而也只仅免于没落的劫运而已。为文化的主人自己打算,"取"不比"予"还重要吗?所以仅仅不怯于"受"是不够的,要真正勇于"受"。让我们的文学更彻底地向小说戏剧发展,等于说要我们死心塌地走人家的路。这是一个"受"的勇气的测验,也是我们能否继续自己文化的主人的测验。

过去记录里有未来的风色。历史已给我们指示了方向——"受"的方向,如今要的只是勇气,更多的勇气啊!

诗与批评

什么是诗呢？我们谁能大胆地说出什么是诗呢？我们谁敢大胆地决定什么是诗呢？不能！有多少人是曾对于诗发表过意见，但那意见不一定合理的，不一定是真理；那是一种个人的偏见，因为是偏见，所以不一定是对的。但是，我们怎样决定诗是什么呢？我以为，来测度诗的不是偏见，应该是批评。

对于"什么是诗"的问题，有两种对立的主张：

有一种人以为："诗是不负责的宣传。"

另一种人以为："诗是美的语言。"

我们念了一篇诗，一定不会是白念的，只要是好诗，我们念过之后就受了他的影响：诗人在作品中对于人生的看法影响我们，对于人生的态度影响我们，我们就是接受了他的宣传。诗人用了文字的魔力来征服他的读者，先用了这种文字的魅力使读者自然地沉醉，自然地受了催眠，然后便自自然然地接受了诗人的意见，接受了他的宣传。这个宣传是有如何的效果呢？诗人不问这个，因为他的宣传是不负责的宣传。诗人在作品里所表示的意见是可靠的吗？这是不一定的，诗人有他自己的偏见，偏见是不一定对的。好些人把诗人比做疯子，疯子的意见怎么能是真理呢？实在，好些诗人写下了他们的诗篇，他并不想到有什么效果，他并不为了效果而写诗，他并不为了宣传而写诗，他是为写诗而写诗的；因之，他的诗就是一种不负责的东西了，不负责的东西是好的吗？这是一个很重要的问题，所以，第一种主张就侧重在这种宣传的效果方面，我想，这是一种对于诗的价值论者。

好些人念一篇诗时是不理会它的价值的，他只吟味于词句的安排，惊喜于韵律的美妙：完全折服于文字与技巧中。这种人往往以为他的态度仅止于欣赏，仅止于享受而已，他是为念诗而念诗。其实这是不可能的事，在文字与技巧的魅力上，你并不只享受于那份艺术的功力，你会被征服于不知不觉中，你会不知不觉地为诗人所影响，所迷惑。对于这种不顾价值，而只求感受舒适的人，我想他们是对于诗的效率论者。

这两种态度都不是对的。因为单独的价值论或是效率论都不是真理。我以为，从批评诗的正确的态度上说，是应该二者兼顾的。

伯拉图在他的《理想国》中赶走了诗人，因为他不满意诗人。他是一个极端的价值论者，他不满意于诗人的不负责的宣传。一篇诗作是以如何残忍的方式去征服一个读者。诗篇先以美的颜面去迷惑了一个读者，叫他沉迷于字面，音韵，旋律，叫他为了这些而奉献了自己，然而又以诗人的偏见生生烙印在读者的灵魂与感情上。然而这是一个如何残酷的烙印。——不负责的宣传已是诗的顶大的罪名了，我们很难有法子让诗人对于他的宣传负责（诗人是否能负责又是一个问题）。这样一来，为了防范这种不负责的宣传，我们是不是可以不要诗了呢？不行，我们觉得诗是非要不可，诗非存在不可的。既然这样，所以我们要求诗是"负责的宣传"。我们要求诗人对他的作品负责，但这也许是不容易的事，因之，我们想得用一点外力，我们以社会使诗人负责。

负责的问题成为最重要的了，我们为了诗的光荣存在而辩护，所以不能不要求诗的宣传作用是负责的，是有利益于社会的。我们想，若是要知道这宣传是否负责而用新闻检查的方式，实在是可笑的，我们不能用检查去了解，我们要用批评去了解；目前的诗著是可用检查的方法限制的，但这限制至少对于古人是无用的；而且事实上有谁会想出这种类似焚书坑儒的事来折磨我们的诗人呢？我想应该不会。在苏联和也许别的些个什么国家用一种方法叫诗人负责，方法很简单，就是，拉着诗人的

鼻子走,如同牵牛一样,政府派诗人做负责的诗,一个纪念,叫诗人做诗,一个建筑落成,叫诗人做诗,这样,好些"诗"是给写出来的,但结果,在这种方式下产生出来的作品,只是宣传品而不诗了,既不是诗,宣传的力量也就小了或甚至没有了,最后,这些东西既不是诗又不是宣传品,则什么都不是了,我们知道马也可夫斯基写过诗,也写过宣传品,后来他自杀了,谁知道他为什么自杀呢?所以我想,拉着诗人的鼻子走的方式并不是好的方式。

政府是可以指导思想的。但叫诗人负责,这是政府做得到的;上边我说,我们需要一点外力,这外力不是发自政府,而是发自社会。我觉得去测度诗的是否为负责的宣传的任务不是检查所的先生们完成得了的,这个任务,应该交给批评家。

每个诗人都有他独特的风格,作风,意见与态度,这些东西会表现在作品里。一个读者要只单选上一位诗人的东西读。也许不是有益而且有害的,因为,我们无法担保这个诗人是完全对的,我们一定要受他影响,若他的东西有了毒,是则我们就中毒了。鸡蛋是一种良好的食品,既滋补而又可口,但据说多吃了是有毒的,所以我们不能天天只吃鸡蛋,我们要吃些别的东西。读诗也一样,我觉得无妨多读,从庞乱中,可以提取养料来补自己,我们可以读李白、杜甫、陶潜、李商隐、莎士比亚、但丁、雪莱,甚至其他的一切诗人的东西,好些作品混在一起，有毒的部分抵消了，留下滋养的成分；不负责的部分没有了，留下负责的成分。因为，我们知道凡是能够永远流传下去的东西差不多可以说是好的，时间和读者会无情地淘汰坏的作品。我以为我们可以有一个可靠的选本，让批评家精密地为各种不同的人选出适于他们的选本，这位批评家是应该懂得人生，懂得诗，懂得什么是效率，懂得什么是价值的这样一个人。

我以为诗是应该自由发展的。什么形式什么内容的诗我们都要。我们设想我们的选本是一个治病的药方，那末，里边可以有李白，有杜甫，有陶渊明，有苏东坡，有歌德，有济慈，有莎士比亚；我们可以假想李白是一味大黄吧，陶渊明是一味甘草吧，他们都有用，我们只要适当地配合起来，这个药方是可以治病的。所以，我们与其去管诗人，叫他负责，我们不如好好地找到一个批评家，批评家不单可以给我们以好诗，而且可以给社会以好诗。

历史是循环的，所以我现在想提到历史来帮助我们了解我们的时代，了解时代赋与诗的意义，了解我们批评诗的态度。封建的时代我们看得出只有社会，没有个人，《诗经》给他们一个证明。《诗经》的时代过去了，个人从社会里边站出来，于是我们发觉《古诗十九首》实在比《诗经》可爱，《楚辞》实在比《诗经》可爱。因为我们自己现在是个人主义社会里的一员，我

们所以喜爱那种个人的表现。我们因之觉得《古诗十九首》比《诗经》对我们亲切。《诗经》的时代过去之后,个人主义社会的趋势已经非常明显了。而且实实在在就果然进到了个人主义社会,这时候只有个人,没有社会。个人是耽沉于自己的享乐,忘记社会,个人是觅求"效率"以增加自己愉悦的感受,忘记自己以外的人群。陶渊明时代有多少人过极端苦难的日子,但他不管,他为他自己写下他闲逸的诗篇。谢灵运一样忘记社会,为自己的愉悦而玩弄文字,——当我们想到那时别人的苦难,想着那幅流民图,我们实实在在觉得陶渊明与谢灵运之流是多么无心肝,多么该死,——这是个人主义发展到极端了,到了极端,即是宣布了个人主义的崩溃,灭亡。杜甫出来了,他的笔触到广大的社会与人群,他为了这个社会与人群而同其欢乐,同其悲苦,他为社会与人群而振呼。杜甫之后有了白居易,白居易不单是把笔濡染着社会,而且他为当前的事物提出他的主张与见解。诗人从个人的圈子走出来,从小我而走向大我,《诗经》时代只有社会,没有个人,再进而只有个人没有社会,进到这时候,已经是成为了个人社会(Individual society)了。

到这里,我应提出我是重视诗的社会的价值了。我以为不久的将来,我们的社会一定会发展成为Society of Individual, Individual for Society(社会属于个人,个人为了社会)的。诗是与时代同其呼息的,所以,我们时代不单要用效率论来批评诗，而更重要的是以价值论诗了，因为加在我们身上的将是一个新时代。

诗是要对社会负责了，所以我们需要批评。《诗经》时代何以没有批评呢？因为，那些作品都是负责的，那些作品没有"效率"，但有"价值"，而且全是"教育的价值"，所以不用批评了。（自然，一篇实在没有价值的东西也可以"说"得出价值来的，对这事我们可以不必论及了。）个人主义时代也不要批评，因为诗就只是给自己享受享受而已，反正大家标准一样，批评是多余的；那时候不论价值，因为效率就是价值。（诗话一类的书就只在谈效率，全不能算是批评。）但今天，我们需要批评，而且需要正确而健康的批评。

春秋时代是一个相当美好的时代，那时候政治上保持一种均势。孔子删诗，孔子对于诗作过最好的，最合理的批评。在《左传》上关于诗的批评我认为是对的：孔子注重诗的社会价值。自然，正确的批评是应该兼顾到效率与价值的。

从目前的情形看，一般都只讲求效率了，而忽视了价值，所以我要大声疾呼请大家留心价值。有人以为着重价值就会忽略了效率，就会抹煞了效率，我以为不会，这种担心是多余的。我们不要以为效率会被抹煞，只要看看普遍的情形，我们不是还叫读诗叫欣赏诗吗？我们不是还很重视于字句声律这些东西吗？社会价值是重要的，我们要诗成为"负责的宣传"，就非得着重价值不可，因为价值实在是被"忽视"了。

诗是社会的产物。若不是于社会有用的工具，社会是不要它的。诗人掘发出了这原料，让批评家把它做成工具，交给社会广大的人群去消化。所以原料是不怕多的，我们什么诗人都要，什么样诗都要，只要制造工具的人技术高，技术精。

我以为诗人有等级的，我们假设说如同别的东西一样分做一等二等三等，那么杜甫应该是一等的，因为他的诗博、大。有人说黄山谷，韩昌黎，李义山等都是从杜甫来的，那么，杜甫是包罗了这么多"资源"，而这些资源大部是优良的美好的，你只念杜甫，你不会中毒；你只念李义山就糟了，你会中毒的，所以李义山只是二等诗人了。陶渊明的诗是美的，我以为他诗里的资源是类乎珍宝一样的东西，美丽而不有用，是则陶渊明应在杜甫之下。

所以，我们需要懂得人生，懂得诗，懂得什么是效率，懂得什么是价值的批评家为我们制造工具，编制选本。但是，谁是批评家呢？我不知道。

（原载1944年9月《火之源文艺丛刊》）

艾青和田间

（这是闻一多先生在去年昆明的诗人节纪念会上的讲演，在这讲演之前，两位联大的同学朗诵了艾青的《向太阳》和田间的《自由向我们来了》，《给战斗者》，听众们都很激动，接下来，闻先生说：）

一切的价值都在比较上，看出来。

（他念了一首赵令仪的诗，说：）

这诗里是些什么山茶花啦，胸脯啦，这一套讽刺战斗，粉刷战斗的东西，这首描写战争的诗，是歪曲战争，是反战，是把战争的情绪变转，缩小。这也正是常任侠先生所说的鸳鸯蝴蝶派。（笑。）

几乎每个在座的人都是鸳鸯蝴蝶派。（笑。）我当年选新诗，选上了这一首，我也是鸳鸯蝴蝶派。（大笑。）

艾青当然比这好。他表现人民及战争，用我们知识分子最心爱的，崇拜的东西与装饰，去理想化。如《向太阳》这首诗里面，他用浪漫的幻想，给现实镀上金，但对赤裸裸的现实，他还爱得不够。我们以为好的东西的里面，往往也有坏的东西。

如在太阳底下死，是Sentimental的，是感伤的，我们以为是诗的东西都是那个味儿。（笑。）

我们的毛病在于眼泪啦，死啦。用心是好的，要把现实装扮出来，引诱我们认识它，爱它，却也因此把自己的狐狸尾巴露出来了。这一些，田间就少了，因此我们也就不大能欣赏。

胡风评田间是第一个抛弃了知识分子灵魂的战争诗人，民众诗人。

他没有那一套泪和死。但我们，这一套还留得很多，比艾青更多。我们能欣赏艾青，不能欣赏田间，因为我们跑不了那么快。今天需要艾青是为了教育我们进到田间，明天的诗人。但田间的知识分子气，胡风说抛弃了，我看也没有完全抛弃。如"自由向我们来了"，为什么我们不向自由去呢？艾青说"太阳滚向我们"，为什么我们不滚向太阳呢？（笑，鼓掌。）

艾青说自己是农民的儿子，我说他是农民的少爷，田间是少爷变农民。

艾青的《北方》写乞丐，田间的一首诗写新型的女人，因为田间已是新世界中的一个诗人。我们不能怪我们不欣赏田间:因为我们生在旧社会中。我们只看到乞丐,新型的女人我们没有看到过。有人漫骂田间,只是他们无知。

关于艾青、田间的话很多,时间短,讲到这儿为止。

(原载1946年6月上海《联合晚报》)

战后文艺的道路

"道路"不一定是具体计划,只是一种看法;战后不是善后,善后是暂时的,战后是相当长时期的将来。根据已然推测必然,是科学的客观预见,历史是有其客观的必然性的,所以要讲到战后文艺的道路,必须根据文学史及社会发展作一番讨论。

关于文学史,应根据新的世界观来分析:我们承认最根本决定社会之发展的是阶级,有统治阶级,有被统治阶级。中国过去的文学史却抹煞了人民的立场,只讲统治阶级的文学,不讲被统治阶级的文学。今天以人民的立场来讲文学,对统治阶级的文学亦不抹煞。

观察中国的社会,有下面几个阶段:

一、奴隶社会阶段,

二、自由人阶段，

三、主人阶段。

奴隶社会的组织是奴隶和奴隶主，自由人是解放了的奴隶，战国和西汉的奴隶气质在文学上很明显，魏晋以后嵇康阮籍解放了，但由建安到今天都无大变。

建安前是奴隶文艺，建安后是自由人的文艺。奴隶的反面不是自由人，奴隶的反面是主人。西方民主国家还要争自由，何况中国！奴隶是有主人的奴隶，自由人是脱离主人的奴隶。今后的主人，则是没有奴隶的主人；有奴隶的主人是法西斯。

现在再看每个阶段的特质。

（一）奴隶阶段：——

今天所谓奴隶与历史上的奴隶不同，真性奴隶是无身体自由的，使其身体亏损如劓，刖，墨，刺，宫等是奴隶的象征，再一种是手铐脚镣的束缚，这可呼为真性的奴隶。和这相反的要身体有自由发育，自由活动的才是主人。在真性奴隶社会中作业是分工的，主人也做事，大致为君，为政，战争，行刑是主人干的，他做事是自由的。奴隶的事，一是物质生产的技术，如农工等类；一是非物质的生产，如艺术，卜卦，算命，音乐。统治者担任的是治术，奴隶担任的是技术和艺术。技术供主人消费，艺术供主人消遣。历史上有名的音乐家师旷是瞎子，可以作为证明。

古代的艺术家是奴隶干的,如王维在《唐书》上就没有他的传,因为他是奴隶;干艺术是下流的,像今天看戏子如娼妓是一个样。荆轲的好友高渐离会击筑,为秦始皇挖去二目,再来听他的音乐。如果身体不亏损,你就只能作汉武帝时候的李延年,汉武帝当他作女人看。

真性奴隶社会在战国时是没有了,在春秋时即已逐渐瓦解。但奴隶社会的遗留太多,太明显,《史记·滑稽列传》淳于髡为齐国赘婿,髡是受剃了发的髡刑的,名字都已证明他是奴隶了。其他屈原、宋玉、东方朔、枚皋、司马迁都是奴隶,司马迁受宫刑是奴隶的标帜,这些人比真性社会的奴隶身体稍自由。

古代艺术家身体上受创伤,心理上也受创伤,常云"文穷而后工";厨川白村的《苦闷的象征》谓"不自由即奴隶的别名"。艺术是身体或心理受创伤后产生的花朵,是用血泪来培养的。金鱼很好看,是人看他好看,金鱼的本身并不会觉得好看;盆景也如此。在阶级社会里的文艺都是悲惨的,一般有天才的奴隶为要主人赏识,主人免其劳动而养活他,他就歌功颂德,宣扬统治者的思想,为主人所豢养,他帮助主人压迫其同类。技术奴隶如傅说的板筑。因此我们可以说:一,技术是不自由的劳动;二,文艺是不自由的不劳动;三,治术是自由的不劳动;四,帮闲文人寄生者是不自由的不劳动。

当艺术家作为消闲的工具时是消极的罪恶,但当艺术家去替统治者作统治的工具时，就成了积极的罪恶。

除了人民自己的文艺之外，一切的文艺都是奴隶作的。今日的文艺传统不是如《诗经》那样由人民的传统来，而是由奴隶来，所以往往做了奴隶的子孙而不自察。

（二）自由人阶段：——

自封建时代奴隶的解放，就有了自由人，自由人的实际地位是自己选择自己的道路，愿不愿做奴隶？儒家愿做奴隶，道家不愿做奴隶。所以：

一、楚狂避世，怕惹祸。

二、杨朱不合作，为我，先顾自己，不管他人是非。你是你，我是我，我不惹你，你莫管我，但承认人家的势力。

三、程明道，程伊川一个对妓女坐，一个背妓女坐，人家批评他俩一个是目中有妓，心中无妓，一个是目中无妓，心中有妓。这种是忘了你我，逃避在观念社会里，我不见妓女，就没有妓女。

四、庄周梦为蝴蝶，但庄周并不能为蝴蝶。

前三种是逃避他人，庄周却逃避自己。

五、东方朔避世朝廷；小隐山林，大隐朝廷，只要我心里没有官，做了官也等于不做官。

六、唐司马承侦居长安终南山，为做官的终南捷径，后来就做官。

七、先做官而后归隐。

八、可怜主人而去帮忙。

以下道家儒家不能分。这些人象征思想的解放,春秋后此种思想即已产生,东汉魏晋以至今日,都是这一种传统没有变。到了近一百年,除了作自己人的奴隶外,还要作外国人的奴隶。

自由人是被解放了的奴隶,但我们今天还一直跟着这后尘。

上面列举的前四种人的态度是诚恳的,自己求解放,后面几种人都是自己骗自己。由魏晋到盛唐,勉强可以,以后就不行了。唐以后的诗不足观,是人根本要不得。前面的解放只是主观的解放,自己在麻醉自己。自己麻醉不外饮酒,看花,看月,听鸟说甚,对人的社会装聋,表现在艺术作品中的麻醉性,那就更高。魏晋艺术的发展是将艺术作麻醉的工具,阮籍怕脑袋掉是超然,陶潜也是逃避自己而结庐在人境,是积极的为自己。阮是消极的为人,阮对着的是压迫他的敌人,是有反抗性的;陶没有反抗性,他对面没有敌人,故阮比陶高。阮是无言的反抗,陶是无言而不反抗,能在那里听鸟说甚,他更可以要干什么便干什么。

西洋艺术为宗教,解放后的自由人则为艺术而艺术,到贵族打倒后,没有反抗性而变为消极的东西。

总结以上有怠工的奴隶,有开小差的奴隶,有以罢工抬高价钱的奴隶。各种奴隶都有,但没有想做主人的。这些人虽间不容发，但是都没有想到当主人。倒是农民想要当主人反而当成了，如刘邦、朱元璋是；张献忠、李自成、洪秀全等是没有当成功的。士大夫只想做官，只想到最高的理想最大胆的手腕是作一人之下万人之上的宰相。这种人不需要革命，无革命的观念和欲望，故士大夫从来不需要革命。农民从来不得到主人给他的面包渣，骨头，故他可以反抗，可以成功。

往后要做主人，要作无奴隶的主人。

（三）主人阶段：——

自由人不是主人，但像主人，似是而非。士大夫做自由人就够了，无需为主人，等自由人的自由被剥夺了，成了有形的奴隶，他就可以回头来帮助别人革命。最不能安身的是奴隶农民，因为他无处藏身，他就要起来积极地革命。

法西斯要将人都变成奴隶，每个人都有当奴隶的危机，大家要反抗，抗了法西斯，不仅要做自由人，而是要真正做主人。

所以我对于战后文艺的道路有三种看法：

一、恢复战前。

二、实现战前未达到的理想。

三、提高我们的欲望。

前两种都较消极，第三种却是积极地提高，因为打了仗后，人民理想的身价应与今日的通货膨胀一样地增高。今日有人要内战，我们当然要更高的代价，这是历史发展的必然性。战后

之文艺的道路是要做主人的文艺。

有了战争就产生了我们新的觉悟,我们认清自己身分的本质,我们由作奴隶的身分而往上爬,只看见上面的目的地而只顾往上爬,不知往下看。虽然看见目的地快到,但这是我们的幻觉,这是有随时被人打下来的危险。我们不能单往上看,而是要切实地往下看,要将在上面的推翻了,大家才能在地上站得稳。由这个观点上看:如果我们仅只是追求我们更多的个人自由,让我们藏得更深,那就离人民愈远。今天我们不这样逃,更要防止别人逃,谁不肯回头来,就消灭他!

我们大学的学院式的看法太近视,我们在当过更好一点的奴隶以后,对过去已经看得太多,从来不去想别的,过去我们骑在人家颈上,不懂希望及展望将来的前途,书愈读得多,就像耗子一样只是躲,不敢想,没有灵魂,为这个社会所限制住,为知识所误,从来不想到将来。

将来这条道路,不但自己要走,还要将别人拉回来走,这是历史发展的法则。如果还有要逃的,消灭他,服从历史。

(史劲记)

(原载1947年9月《文汇丛刊》第四辑)

第 三 辑
时代的鼓手

当这民族历史行程的大拐弯中,我们得一鼓作气来渡过危机,完成大业。这是一个需要鼓手的时代,让我们期待着更多的"时代的鼓手"出现。至于琴师,乃是第二步的需要,而且目前我们有得是绝妙的琴师。

《女神》之时代精神

若讲新诗,郭沫若君的诗才配称新呢,不独艺术上他的作品与旧诗词相去最远,最要紧的是他的精神完全是时代的精神——二十世纪的时代的精神。有人讲文艺作品是时代的产儿。《女神》真不愧为时代的一个肖子。

(一)二十世纪是个动的世纪。这种的精神映射于《女神》中最为明显。

《笔立山头展望》最是一个好例——

"大都会的脉搏呀!

生的鼓动呀!

打着在,吹着在,叫着在,……

喷着在,飞着在,跳着在……

四面的天郊烟幕蒙笼了!

>我的心脏呀,快要跳出口来了!
>
>哦哦,山岳的波涛,瓦屋的波涛,
>
>涌着在,涌着在,涌着在,涌着在呀!
>
>万籁共鸣的 symphony,
>
>自然与人生的婚礼呀!
>
>⋯⋯⋯⋯"

恐怕没有别的东西比火车的飞跑同轮船的鼓进(阅《新生》与《笔立山头展望》)再能叫出郭君心里那种压不平的活动之欲罢?再看这一段供招——

>"今天天气甚好,火车在青翠的田畴中急行,好像个勇猛沈毅的少年向着希望弥满的前途努力奋迈的一般。飞!飞!一切青翠的生命灿烂的光波在我们眼前飞舞。飞!飞!飞!我的'自我'融化在这个磅礴雄浑的 Rhythm 中去了!我同火车全体,大自然全体,完全合而为一了!我凭着车窗望着旋回飞舞着的自然,听着车轮鞺鞳的进行调,痛快!痛快!⋯⋯"
>
>——《与宗白华书》(《三叶集》一三八)

这种动的本能是近代文明一切的事业之母,他是近代文明之细胞核。郭沫若的这种特质使他根本上异于我国往古之诗人。比之陶潜之——

>"结庐在人境,而无车马喧;"

一则极端之动,一则极端之静,静到——

"心远地自偏,"

隐遁遂成一个赘疣的手续了,——于是白居易可以高唱着——

"大隐隐朝市,"

苏轼也可以笑那——

"北山猿鹤漫移文"了。

(二)二十世纪是个反抗的世纪。"自由"的伸张给了我们一个对待威权的利器,因此革命流血成了现代文明的一个特色了。《女神》中这种精神更了如指掌。只看《匪徒颂》里的一些。——

"一切……革命的匪徒们呀!

万岁!万岁!万岁!"

那是何等激越的精神,直要骇得金脸的尊者在宝座上发抖了哦。《胜利的死》真是血与泪的结晶;拜轮,康沫尔的灵火又在我们的诗人的胸中烧着了!

"你暗淡无光的月轮哟!我希望我们这阴莽莽的
地球,在这一刹那间,早早同你一样冰化!"

啊!这又是何等的疾愤!何等的哀!何等的沉痛!——

"汪洋的大海正在唱着他悲壮的哀歌,
穹窿无际的青天已经哭红了他的脸面,

远远的西方,太阳沉没了!——

悲壮的死哟!金光灿烂的死哟!凯旋同等的死哟!胜利的死哟!

兼爱无私的死神!我感谢你哟!你把我敬爱无暨的马克司威尼早早救了!

自由的战士,马克司威尼,你表示出我们人类意志的权威如此伟大!

我感谢你呀!赞美你呀!'自由'从此不死了!

夜幕闭了后的月轮哟!何等光明呀!"

(三)《女神》的诗人本是一位医学专家。《女神》里富于科学的成分也是无足怪的。况且真艺术与真科学是携手进行的呢。然而这里又可以见出《女神》里的近代精神了。略微举几个例——

"你去,去寻那与我的振动数相同的人;

你去,去寻那与我的燃烧点相等的人。"

——《序诗》

"否,否。不然!是地球在自转,公转,"

——《金字塔》

"我是X光线的光,

我是全宇宙的energy的总量!"

——《天狗》

"我想我的前身,

原本是有用的栋梁,

我活埋在地的多年,

到今朝才得重见天光。"

——《炉中煤》

"你暗淡无光的月轮哟!……早早同你一样冰化!"

——《胜利的死》

"至于这些句子象——

我要把我的声带唱破,"

——《梅花树下醉歌》

"我的一枝枝的神经纤维在身中战栗,"

——《夜步十里松原》

还有散见于集中的许多人体上的名词如脑筋,脊髓,血液,呼吸,……更完完全全的是一个西洋的doctor的口吻了。上举各例还不过诗中所运用之科学知识,见于形式上的。至于那讴歌机械的地方更当发源于一种内在的科学精神。在我们的诗人的眼里,轮船的烟筒开着了黑色的牡丹是"近代文明的严母",太阳是亚波罗坐的摩托车前的明灯;诗人的心同太阳是"一座公司的电灯";云日更迭的掩映是同探海灯转着一样;火车的飞跑同于"勇猛沉毅的少年"之努力,在他眼里机械已不是一些无生的物具,是有意识的生机如同人神一样。机械的丑恶性已被忽略了;在幻象同感情的魔术之下他已穿上美丽的衣裳了呢。

这种技俩恐怕非一个以科学家兼诗人者不办。因为先要解透了科学,亲近了科学,跟他有了同情,然后才能驯服他于艺术的指挥之下。

(四)科学的发达使交通的器械将全世界人类的相互关系捆得更紧了。因有史以来世界之大同的色彩没有像今日这样鲜明的。郭沫若的《晨安》便是这种 cosmopolitanism 的证据了。《匪徒颂》也有同样的原质,但不是那样明显。即如《女神》全集中所用的方言也就有四种了。他所称引的民族,有黄人,有白人,还有"有火一样的心肠"的黑奴。他所运用的地名散满于亚美欧非四大洲。原来这种在西洋文学里不算什么。但同我们的新文学比起来,才见得是个稀少的原质,同我们的旧文学比起来更不用讲是破天荒了。啊!诗人不肯限于国界,却要做世界的一员了;他遂喊道——

"晨安!梳人灵魂的晨风呀!

晨风呀!你请把我的声音传到四方去罢!"

——《晨安》

(五)物质文明的结果便是绝望与消极。然而人类的灵魂究竟没有死,在这绝望与消极之中又时时忘不了一种挣扎抖擞的动作。二十世纪是个悲哀与奋兴的世纪。二十世纪是黑暗的世界,但这黑暗是先导黎明的黑暗。二十世纪是死的世界,但这死是

预言更生的死。这样便是二十世纪,尤其是二十世纪的中国。

"流不尽的眼泪,

洗不净的污浊,

浇不熄的情炎,

荡不去的羞辱。"

——《凤凰涅》

不是这位诗人独有的,乃是有生之伦,尤其是青年们所同有的。但别处的青年虽一样的富有眼泪,污浊,情炎,羞辱,恐怕他们自己觉得并不十分真切。只有现在的中国青年——"五四"后之中国青年,他们的烦恼悲哀真像火一样烧着,潮一样涌着,他们觉得这"冷酷如铁","黑暗如漆","腥秽如血"的宇宙真一秒钟也羁留不得了。他们厌这世界,也厌他们自己。于是急躁者归于自杀,忍耐者力图革新。革新者又觉得意志总敌不住冲动,则抖擞起来,又跌倒下去了。但是他们太溺爱生活了,爱他的甜处,也爱他的辣处。他们决不肯脱逃,也不肯降服。他们的心里只塞满了叫不出的苦,喊不尽的哀。他们的心快塞破了,忽地一人用海涛的音调,雷霆的声响替他们全盘唱出来了。这个人便是郭沫若,他所唱的就是《女神》。难怪个个中国青年读《女神》没有不椎膺顿足同《湘累》里的屈原同声叫道——

"哦,好悲切的歌词!唱得我也流起泪来了。

流罢!流罢!我生命的泉水呀!你一流出来,

好像把我全身的烈火都浇息了的一样。

……你这不可思议的内在的灵泉,你又把我苏法转来了!"

啊!现代的青年是血与泪的青年,忏悔与奋兴的青年。《女神》是血与泪的诗,忏悔与奋兴的诗。田汉君在给《女神》之作者的信讲得对:"对其说你有诗才,无宁说你有诗魂,因为你的诗首首都是你的血,你的泪,你的自叙传,你的忏悔录啊!"但是丹穴山上的香木不只焚毁了诗人的旧形体,并连现时一切的青年的形骸都毁掉了。凤凰的涅槃是诗人与一切的青年的涅槃。凤凰不是唱道?——

"我们更生了!

一切的一更生了!

一的一切更生了!

我们便是他,他们便是我!

我中也有你,你中也有我!

我便是你,

你便是我!"

奇怪得很,北社编的《新诗年选》偏取了《死的引诱》作《女神》的代表之一。他们非但不懂读诗,并且不会观人。《女神》的作者岂是那样软弱的消极者吗?

"你去!去在我可爱的青年的兄弟姊妹胸中,

把他们的心弦拨动,

把他们的智光点燃罢!"

——《序诗》

假若《女神》里尽是《死的引诱》一类的东西,恐怕兄弟姊妹的心弦都被他割断,智光都被他扑灭了呢!

原来蹈恶犯罪是人之常情。人不怕有罪恶,只怕有罪恶而甘于罪恶,那便终古沉沦于死亡之渊里了。人类的价值在能忏悔,能革新。世界的文化亦不过由这一点动机发生的。忏悔是美德中最美的,他是一切的光明的源头,他是尺蠖的灵魂渴求展伸的表象。

"唉!泥上的脚印!

你好像是我灵魂儿的象征!

你自陷了泥涂,

你自会受人踩躏!

唉,我的灵魂,

你快登上山顶!"

——《登临》

所以在这里我们的诗人不独喊出人人心中的热情来,而且喊出人人心中最神圣的一种热情呢!

(原载1923年6月《创造周报》)

《女神》之地方色彩

现在的一般新诗人——新是作时髦解的新——似乎有一种欧化的狂癖，他们的创造中国新诗的鹄的，原来就是要把新诗做成完全的西文诗（有位作者曾在《诗》里讲道他所谓后期的作品"已与以前不同而和西洋诗相似"，他认为这是新诗的一步进程，……是件可喜的事）。《女神》不独形式十分欧化，而且精神也十分欧化的了。《女神》当然在一般人的眼光里要算新诗进化期中已臻成熟的作品了。

但是我从头到今，对于新诗的意义似乎有些不同。我总以为新诗径直是"新"的，不但新于中国固有的诗，而且新于西方固有的诗；换言之，他不要做纯粹的本地诗，但还要保存本地的色彩，他不要做纯粹的外洋诗，但又要尽量地吸收外洋诗的长处；他要做中西艺术结婚后产生的宁馨儿。我以为诗同一

切的艺术应是时代的经线，同地方的纬线所编织成的一匹锦；因为艺术不管他是生活的批评也好，是生命的表现也好，总是从生命产生出来的，而生命又不过时间与空间两个东西的势力所遗下的脚印罢了。在寻常的方言中有"时代精神"同"地方色彩"两个名词，艺术家又常讲自创力originality，各作家有各作家的时代与地方，各团体有各团体的时代与地方，各不皆同；这样自创力自然有发生的可能了。我们的新诗人若时时不忘我们的"今时"同我们的"此地"，我们自会有自创力，我们的作品自既不同于今日以前的旧艺术，又不同于中国以外的洋艺术。这个然后才是我们翘望默祷的新艺术了！

我们的旧诗大体上看来太没有时代精神的变化了。从唐朝起我们的诗发育到成年时期了，以后便似乎不大肯长了，直到这回革命以前，诗的形式同精神还差不多是当初那个老模样（词曲同诗相去实不甚远，现行的新诗却大不同了）。不独艺术为然，我们的文化的全体也是这样，好像吃了长生不老的金丹似的。新思潮的波动便是我们需求时代精神的觉悟。于是一变而矫枉过正，到了如今，一味地时髦是鹜，似乎又把"此地"两字忘到踪影不见了。现在的新诗中有得是"德谟克拉西"，有得是泰果尔，亚坡罗，有得是"心弦""洗礼"等洋名词。但是，我们的中国在哪里？我们四千年的华胄在哪里？哪里是我们的大江，黄河，昆仑，泰山，洞庭，西子？又哪里是我们的

《三百篇》,《楚骚》,李,杜,苏,陆?《女神》关于这一点还不算罪大恶极,但多半的时候在他的抒情的诸作里他并不强似别人。《女神》中所用的典故,西方的比中国的多多了,例如Apollo, Venus, Cupid, Bacchus, Prometheus, Hygeia…… 是属于神话的;其余属于历史的更不胜枚举了。《女神》中的西洋的事物名词处处都是,数都不知从哪里数起。《凤凰涅槃》的凤凰是天方国的"菲尼克司",并非中华的凤凰。诗人观画观的是 Millet 的 Shepherdess,赞像赞的是 Beethoven 的像。他所羡慕的工人是炭坑里的工人,不是人力车夫。他听到鸡声,不想着笙簧的律吕而想着 orchestra 的音乐。地球的自转公转,在他看来,"就好像一个跳舞着的女郎",太阳又"同那月桂冠儿一样"。他的心思分驰时,他又"好像个受着磔刑的耶稣"。他又说他的胸中像个黑奴。当然《女神》产生的时候,作者是在一个盲从欧化的日本,他的环境当然差不多是西洋的环境,而且他读的书又是西洋的书;无怪他所见闻,所想念的都是西洋的东西。但我还以为这是一个非常的例子,差不多是畸形的情况。若我在郭君的地位,我定要用一种非常的态度去应付,节制这种非常的情况。那便是我要时时刻刻想着我是个中国人,我要做新诗,但是中国的新诗,我并不要做个西洋人说中国话,也不要人们误会我的作品是翻译的西文诗;那末我著作时,庶不致这样随便了。郭君是个不相信"做"诗的人;我也不相信没有得着诗的灵感者就可以从揉炼字句中作出好诗来。但郭这种过于欧化的毛病也许就是太不"做"诗的结果。选择是创造艺术的程序中最紧要的一层手续,自然的不都是美的;美不是现成的。其实没有选择便没有艺术,因为那样便无以鉴别美丑了。

《女神》还有一个最明显的缺憾那便是诗中夹用可以不用的西洋文字了。《雪朝》《演奏会上》两首诗径直是中英合璧了。我以为很多的英文字实没有用原文的必要。如 pantheism, rhythm, energy, disillusion, orchestra, pioneer 都不是完全不能翻译的,并且有的在本集中他处已经用过译文的。实在很多次数,他用原文,并非因意义不能翻译的关系,乃因音节关系,例如——

"我是全宇宙的 energy 的总量!"

像这种地方的的确确是兴会到了,信口而出,到了那地方似乎为音节的圆满起见,一个单音是不够的,于是就以"恩勒结"(energy)三个音代"力"的一个音。无论作者有意地欧化诗体,或无意地失于检点,这总是有点讲不大过去的。这虽是小地方,但一个成熟的艺术家,自有余裕的精力顾到这里,以谋其作品之完美。所以我的批评也许不算过分罢?

我前面提到《女神》之薄于地方色彩的原因是在其作者所居的环境。但环境从来没有对于艺术产品之性质负过完全责任,因为单是环境不能产生艺术。所以我想日本的环境固应对《女神》之内空负一份责任,但此外定还有别的关系。这个关系我疑心或就是《女神》之作者对于中国文化之隔膜。我们在前篇已看到《女神》怎样富于近代精神。近代精神——即西方文化——不幸得很,是同我国的文化根本地背道而驰的;所以一个人醉心于前者定不能对于后者有十分的同情与了解。《女神》的作者,这样看来,定不是对于我国文化真能了解,深表同情者。我们看他回到上海,他只看见——

"游闲的尸,淫嚣的肉,长的男袍,短的女袖,

满目都是骷髅,满街都是灵柩,乱闯,乱走。"

其实他哪知道"满目骷髅""满街灵柩"的上海实在就是西方文化遗下的罪孽?受了西方的毒的上海其实又何异于受了西方的毒的东京,横滨,长崎,神户呢?不过这些日本都市受毒受得更彻底一点罢了。但是这一段闲话是节外生枝,我的意是要指出《女神》的作者对于中国,只看见他的坏处,看不见他的好处。他并不是不爱中国,而他确是不爱中国的文化。我个人同《女神》的作者的态度不同之处是在:我爱中国固因他是我的祖国,而尤因他是有他那种可敬爱的文化的国家;《女神》之作者爱中国,只因他是他的祖国,因为是他的祖国,便有那种不能引他的敬爱的文化,他还是爱他。爱祖国是情绪的事,爱文化是理智的事。一般所提倡的爱国专有情绪的爱就够了;所以没有理智的爱并不足以诟病一个爱国之士。但是我们

现在讨论的另是一个问题,是理智上爱国之文化的问题。(或精辨之,这种不当称爱慕而当称鉴赏。)

爱国的情绪见丁《女神》中的次数极多,比别人的集中都多些。《棠棣之花》,《炉中煤》,《晨安》,《浴海》,《黄浦江口》,都可以作证。

但是他鉴赏中国文化的地方少极了,而且不彻底,在《巨炮之教训》里他借托尔斯泰的口气说道——

"我爱你是中国人。我爱你们中国的墨与老。"

在《西湖纪游》里他又称赞——

"那几个肃静的西人一心勘校原稿。"

但是既真爱老子为什么又要作"飞奔","狂叫","燃烧"的天狗呢?为什么又要吼着——

"啊啊!不断的毁坏,不断的创造,不断的努力哟!"

——《立在地球边上放号》

"我崇拜创造的精神,崇拜力,崇拜血,崇拜心脏;我崇拜炸弹,崇拜悲,崇拜破坏;"

——《我是个偶像崇拜者》

"我要看你'自我'的爆裂开出血红的花来哟!"

——《新阳关三叠》

我不知道他的到底是个什么主张。但我只觉得他喊着创造,破坏,反抗,奋斗的声音,比——

"倡道慈，俭，不敢先的三宝"的声音大多了，所以我就决定他的精神还是西方的精神。再者他所歌讴的东方人物如屈原，聂政，聂嫈，都带几分西人的色彩。他爱庄子是为他的泛神论，而非为他的全套的出世哲学。他所爱的老子恐怕只是托尔斯泰所爱的老子。墨子的学说本来很富于西方的成分，难怪他也不反对。

《女神》的作者既这样富于西方的激动的精神，他对于东方的恬静的美当然不大能领略。《密桑索罗普之夜歌》是个特别而且奇怪的例外。《西湖纪游》不过是自然美之鉴赏。这种鉴赏同鉴赏太宰府，十里松原的自然美，没有什么分别。

有人提倡什么世界文学。那么不顾地方色彩的文学就当有了托辞了吗？但这件事能不能是个问题，宜不宜又是个问题。将世界各民族的文学都归成一样的，恐怕文学要失去好多的美。一样颜色画不成一幅完全的画，因为色彩是绘画的一样要素，将各种文学并成一种，便等于将各种颜色合成一种黑色，画出一张 sketch 来。我不知道一幅彩画同一幅单色的 sketch 比，哪样美观些。西谚曰"变化是生活的香料"。真要建设一个好的世界文学，只有各国文学充分发展其地方色彩，同时又贯以一种共同的时代精神，然后并而观之，各种色料虽互相差异，却又互相调和。这便正符那条艺术的金科玉臬"变异中之一律"了。

以上我所批评《女神》之处，非特《女神》为然，当今诗坛之名将莫不皆然，只是程度各有深浅罢了。若求纠正这种毛病，我以为一桩，当恢复我们对于旧文学的信仰，因为我们不能开天辟地（事实与理论上是万不可能的），我们只能够并且应当在旧的基石上建设新的房屋。二桩，我们更应了解我们东方的文化。东方的文化是绝对的美的，是韵雅的。东方的文化而且又是人类所有的最彻底的文化。哦！我们不要被叫嚣犷野的西人吓倒了！

"东方的魂哟！

雍容温厚的东方的魂哟！

不在檀香炉上袅袅的轻烟里了，

虔祷的人们还膜拜些什么？

东方的魂哟！

通灵洁澈的东方的魂哟！

不在幽篁的疏影里了，

虔祷的人们还供奉着些什么？"

——梁实秋

（原载1923年6月《创造周报》）

人民的诗人——屈原

　　古今没有第二个诗人像屈原那样曾经被人民热爱的。我说"曾经"，因为今天过着端午节的中国人民，知道屈原这样一个人的实在太少，而知道《离骚》这篇文章的更有限。但这并不妨碍屈原是一个人民的诗人。我们也不否认端午这个节日，远在屈原出世以前，已经存在，而它变为屈原的纪念日，又远在屈原死去以后。也许正因如此，才足以证明屈原是一个真正的人民诗人。惟其端午是一个古老的节日，"和中国人民同样的古老"，足见它和中国人民的生活如何不可分离，惟其中国人民愿意把他们这样一个重要的节日转让给屈原，足见屈原的人格，在他们生活中，起着如何重大的作用。也惟其远在屈原死后，中国人民还要把他的名字，嵌进一个原来与他无关的节日里，才足见人民的生活里，是如何的不能缺少他。端午是一个人民的节日，屈原与端午的结合，便证明了过去屈原是与人民结合着的，也保证了未来屈原与人民还要永远结合着。

是什么使得屈原成为人民的屈原呢？

第一，说来奇怪，屈原是楚王的同姓，却不是一个贵族。战国是一个封建阶级大大混乱的时期，在这混乱中，屈原从封建贵族阶级，早被打落下来，变成一个作为宫廷弄臣的卑贱的伶官，所以，官爵尽管很高，生活尽管和王公们很贴近，他，屈原，依然和人民一样，是在王公们脚下被践踏着的一个。这样，首先在身分上，屈原是属于广大人民群众的。

第二，屈原最主要的作品——《离骚》的形式，是人民的艺术形式，"一篇题材和秦始皇命博士所唱的《仙真人诗》一样的歌舞剧"。虽则它可能是在宫廷中演出的。至于他的次要的作品——《九歌》，是民歌，那更是明显，而为历来多数的评论家所公认的。

第三，在内容上，《离骚》"怨恨怀王，讥刺椒兰"，无情地暴露了统治阶层的罪行，严正地宣判了他们的罪状，这对于当时那在水深火热中敢怒而不敢言的人民，是一个安慰，也是一个兴奋。用人民的形式，喊出了人民的愤怒，《离骚》的成功不仅是艺术的，而且是政治的，不，它的政治的成功，甚至超过了艺术的成功，因为人民是最富于正义感的。

但，第四，最使屈原成为人民热爱与崇敬的对象的，是他的"行义",不是他的"文采"。如果对于当时那在暴风雨前窒息得奄奄待毙的楚国人民,屈原的《离骚》唤醒了他们的反抗情绪,那么,屈原的死,更把那反抗情绪提高到爆炸的边沿,只等秦国的大军一来,就用那溃退和叛变的方式,来向他们万恶的统治者,实行报复性的反击(楚亡于农民革命,不亡于秦兵,而楚国农民的革命性的优良传统,在此后陈胜吴广对秦政府的那一著上,表现得尤其清楚)。历史决定了暴风雨的时代必然要来到,屈原一再地给这时代执行了"催生"的任务,屈原的言,行,无一不是与人民相配合的,虽则也许是不自觉的。有人说他的死是"匹夫匹妇自经于沟壑",对极了,匹夫匹妇的作风,不正是人民革命的方式吗?

以上各条件,若缺少了一件,便不能成为真正的人民诗人。尽管陶渊明歌颂过农村,农民不要他,李太白歌颂过酒肆,小市民不要他,因为他们既不属于人民,也不是为着人民的。杜甫是真心为着人民的,然而人民听不懂他的话。屈原虽没写人民的生活,诉人民的痛苦,然而实质的等于领导了一次人民革命,替人民报了一次仇。屈原是中国历史上惟一有充分条件称为人民诗人的人。

庄子

> 臣之所好者道也,进乎技矣。
>
> ——《养生主》

一

庄子名周,宋之蒙人(今河南商丘县东北)。宋在战国时属魏,魏都大梁,因又称梁,《史记》说他与梁惠王、齐宣王同时。《庄子·田子方》、《徐无鬼》两篇于魏文侯,武侯称谥,而《则阳篇》、《秋水篇》迳称惠王的名字,又称公子,《山木篇》又称为王,《养生主》称文惠君,看来他大概生于魏武侯末叶,现在姑且定为周烈王元年(前三七五)。他的卒年,马叙伦定为赧王二十年(前二九五),大致是不错的。

与他同时代的惠施只管被称为"仲父",齐国的稷下先生们只管"皆列第为上大夫",荀卿只管"三为祭酒,"吕不韦的门下只管"珠履者三千人",——庄周只管穷困了一生,寂寞了一生,……然而拿这里所反映的一副穷措大的写照,加在庄周身上,决不冤枉他。我们知道一个人稍有点才智,在当时,要结交王侯,赚些名声利禄,是极平常的事。《史记》称庄子"其学无所不窥",又说他"善属书离辞,指事类情,用剽剥儒、墨,虽当世宿学不能自解免也。"庄子的博学和才辩并不弱似何人,当时也不是没人请教他,无奈他脾气太古怪,不会和他们混,不愿和他们混。据说楚威王遣过两位大夫来聘他为相,他发一大篇议论,盼咐他们走了。《史记》又说他做过一晌漆园吏,那多半是为糊口计。吏的职分真是小得可怜,谈不上仕宦,可是也有个好处——不致妨害人的身分,剥夺人的自由。庄子一辈子只是不肯做事,大概当一个小吏,在庄子,是让步到最高限度了。依据他自己的学说,做事是不应当的,还不只是一个人肯不肯的问题。但我想那是愤激的遁辞。他的实心话不业已对楚王的使者讲过吗?

子独不见郊祭之牺牛乎?养食之数岁,衣以文绣,以入大庙。当是之时,虽欲为孤豚,岂可得乎?

又有一次宋国有个曹商,为宋玉出使到秦国,初去时,得了几乘车的俸禄,秦王高兴了,加到百乘,这人回来,碰见庄子,大夸他的本领,你猜庄子怎样回答他?

秦王有病召医。破痈溃痤者得车一乘,舐痔者得

> 车五乘,所治愈下,得车愈多。子岂治其痔邪?何得车之多也?子行矣!

话是太挖苦了,可是当时宦途的风气也就可想而知。在那种情况之下,即使庄子想要做事,叫他如何做去?

我们根据现在的《庄子》三十三篇中比较可靠的一部分,考察他的行踪,知道他到过楚国一次,在齐国待过一响,此外似乎在家乡的时候多。和他接谈过的也十有八九是本国人。《田子方篇》见鲁哀公的话,毫无问题是寓言;《说剑》是一篇赝作,因此见赵文王的事更靠不住。倒是"庄子钓于濮水","庄子与惠子游于濠梁之上","庄子游乎雕陵之樊","庄子行于山中,……出于山,舍于故人之家"——这一类的记载比较合于庄周的身分,所以我们至少可以从这里猜出他的生活的一个大致。他大概是《刻意篇》所谓"就薮泽,处闲旷,钓鱼闲处,无为而已矣"的一种人。我们不能想象庄子那人,朱门大厦中会常常有他的足迹,尽管时代的风气是那样的,风气干庄周什么事?况且王侯们也未必十分热心要见庄周。凭白的叫他挖苦一顿做什么!太史公不是明讲了"自王公大人不能器之"吗?

惠子屡次攻击庄子"无用"。那真是全不懂庄子而又懂透了庄子。庄子诚然是无用,但是他要"用"做什么?

> 山木自寇也;膏火自煎也。桂可食,故伐之;漆可用,故割之。人皆知有用之用,而莫知无用之用也。

这样看来,王公大人们不能器重庄子,正合庄子的心愿。他

"学无所不窥",他"属书离辞,指事类情",正因犯着有用的嫌疑,所以更不能不掩藏、避讳,装出那"其卧徐徐,其觉于于,一以己为马,一以己为牛"的一副假痴假联的样子,以求自救。

归真地讲,关于庄子的生活,我们知道的很有限。三十三篇中述了不少关于他的轶事,可是谁能指出哪是寓言,哪是实录?所幸的,那些似真似假的材料,虽不好坐实为庄子的信史,却满足以代表他的性情与思想;初起码都算得画家所谓"得其神似"。例如《齐物论》里"庄周梦为蝴蝶"的谈话,恰恰反映着一个潇洒的庄子;《至乐篇》称"庄子妻死,惠子吊之,庄子则方箕踞鼓盆而歌",又分明影射着一个放达的庄子;《列御寇篇》所载庄子临终的那段放论,也许完全可靠:

> 庄子将死,弟子欲厚葬之。庄子曰:"吾以天地为棺椁,以日月为连璧,星辰为珠玑,万物为赍送。吾葬具岂不备邪?何以加此!"弟子曰:"吾恐乌鸢之食夫子也。"庄子曰:"在上为乌鸢食,在下为蝼蚁食,夺彼与此,何其偏也。"

其余的故事,或滑稽,或激烈,或高超,或辛辣,不胜枚举,每一事象征着庄子人格的方面,嫁合的看去,何尝不俨然是一个活现的人物?

有一件事,我们知道万无可疑的,惠氏在庄子生活中占一个很重要的位置,这人是他最接近的朋友,也是他最大的仇敌。他的思想行为,一切都和庄子相反,然而才极高,学极博,又是和庄子相同的。他是当代最有势力的一派学说的首领，是魏国的一位大政治家。庄子一开口便和惠子抬杠；一部《庄子》，几乎页页上有直接或间接糟蹋惠子的话。说不定庄周著书的动机大部分是为反对惠施和惠施的学说，他并且有诬蔑到老朋友的人格的时候。据说（大概是他的弟子们进的谣言）庄子到梁国，惠子得着消息，下了一道通缉令，满城搜索了三天。说惠子是怕庄子来抢他的相位，冤枉了惠子，也冤枉了庄子。假如那事属实，大概惠子是被庄子毁谤得太过火，为他办事起见，不能不下那毒手？然而惠子死后，庄子送葬，走到朋友的墓旁，叹息道："自夫子之死也，吾无以为质矣，吾无与言之矣！"两人本是旗鼓相当的敌手，难怪惠子死了，庄子反而感到孤寂。

除了同国的惠子之外，庄子不见得还有多少朋友，他的门徒大概也有限。朱熹以为"庄子当时亦无人宗之，他只在僻处自说"，像是对的。孟子是邹人，离着蒙不甚远，梁、宋又是他到过的地方，他辟杨墨，没有辟到庄子。《尸子》曰："墨子贵兼，孔子贵公，皇子贵衷，田子贵均，列子贵虚，料子贵别囿。"没有提及庄子。《吕氏春秋》也有同类的论断，从老聃数到儿良，偏漏掉了庄子。似乎当时只有荀卿谈到庄子一次，此外绝没有注意到他的。

庄子果然毕生盛寂寞，不但如此，死后还埋没了很长的时期。西汉人讲黄老而不讲老庄。东汉初班嗣有报桓谭借《庄子》的信札，博学的桓谭连《庄子》都没见过。注《老子》的邻氏，傅氏，徐氏，河上公，刘向，毋丘望之，严遵等都是西汉人；两汉竟没有注《庄子》的。庄子说他要"处乎材与不材之间"，他怕的是名，一心要逃名，果然他几乎要达到目的，永远湮没了。但是我们记得，韩康徒然要向卖药的生活中埋名，不晓得名早落在人间，并且恰巧要被一个寻常的女子当面给他说破。求名之难，哪有逃名难呢？庄周也要逃名；暂时的名可算给他逃过了，可是暂时的沉寂毕竟只为那永久的赫煊作了张本。

一到魏、晋之间，庄子的声势忽然浩大起来，崔譔首先给他作注，跟着向秀、郭象、司马彪、李颐都注《庄子》。像魔术似的，庄子忽然占据了那全时代的身心，他们的生活、思想、文艺，——整个文明的核心是庄子。他们说："三日不读《老》、《庄》，则舌本间强。"尤其是庄子，竟是清谈家的灵感的泉源。从此以后，中国人的文化上永远留着庄子的烙印。他的书成了经典。他屡次荣膺帝王的尊封。至于历代文人学者对他的崇拜，更不用提。别的圣哲，我们也崇拜，但那像对庄子那样倾倒、醉心、发狂？

二

庖丁对答文惠君说："臣之所好者进也，进乎技矣。"这句话的意义，若许人变通的解释一下，便恰好可以移作庄子本人的断语。庄子是一位哲学家，然而侵入了文学的圣域，庄子的哲学，不属本篇讨论的范围。我们单讲文学家庄子，如有涉及他的思想的地方，那是当作文学的核心看待的，对于思想本身，我们不加批评。

古来谈哲学以老、庄并称，谈文学以庄、屈并称。南华的文辞是千真万真的文学、人人都承认。可是《庄子》的文学价值还不只在文辞上。实在连他的哲学都不像寻常那一种矜严的，竣刻的，料峭的一味皱眉头，绞脑子的东西；他的思辩的本身便是了首绝妙的诗。

一壁认定现实全是幻觉，是虚无，一壁以为那真正的虚无才是实有，庄子的议论，翻来覆去，不外这两个观点那虚无，或称太极，或称涅槃，或称本体，庄子称之为"道"。他说：

"夫道有情有信，无为无形，可传而不可受，可得而不可见；自本自根，未有天地，自古以固存，神鬼神帝，生天生地，在太极之先而不为高，在六极之下而不为深，先天地生而不为久，长于上古而不为老——狶韦氏得之以挈天地，伏戏氏得之以袭气母，维斗得之终古不忒，日月得之终古不息；勘坏得之以袭昆仑，冯夷得之以游大川，肩吾得之以处大山，黄帝得之以登云天，颛顼得之以处玄宫，禺强得之立乎北极；西王母得之坐乎少广，莫知其始，莫知其终，彭祖得之上及有虞，下及五伯，傅说得之以相武丁，奄有天下，乘东维、骑箕尾而比于列星。"

有大智慧的人们都会认识道的存在，信仰道的实有，却不像庄子那样热忱地爱慕它。在这里,庄子是从哲学又跨进了一步,到了文学的封域。他那婴儿哭着要捉月亮似的天真,那神秘的怅惘,圣睿的憧憬,无边无际的企慕,无涯岸的艳羡,便使他成为最真实的诗人。

然而现实究竟不容易抹煞,即使你说现实是幻觉,幻觉的存在也是一种存在。要调解这冲突,起码得承认现实是一种寄寓,或则像李白认定自己是"天上谪仙人",现世的生活便成为他的流寓了。"万物生于有,有生于无",庄子仿佛说:那"无"处便是我们真正的故乡。他苦的是不能忘情于他的故乡。"旧国旧都,望之怅然",是人情之常,纵使故乡是在时间以前,空间以外的一个缥缈极了的"无何有之乡",谁能不追忆,不怅望?何况羁旅中的生活又是那般龌龊、逼仄、孤凄、烦闷?

悲歌可以当泣,远望可以当归。

庄子的著述,与其说是哲学,毋宁说是客中思家的哀呼;他运用思想,与其说是寻求真理,毋宁说是眺望故乡,咀嚼旧梦。他说:"卮言日出,和以天倪,因以曼衍,所以穷年。"一种客中百无聊赖的情绪完全流露了。他这思念故乡的病意,根本是一种浪漫的态度,诗的情趣。并且因为他钟情之处,"大有迳庭,不近人情",太超忽,太神秘,广大无边,几乎令人捉摸不住,所以浪漫的态度中又充满了不可逼视的庄严。是诗便少不了那一个哀艳的"情"字。《三百篇》是劳人思妇的情;屈、宋是仁人志士的情；庄子的情可难说了，只超人才载得住他那种神圣的客愁。所以庄子是开辟以来最古怪最伟大的一个情种；若讲庄子是诗人，还不仅是泛泛的诗人。

或许你要问：庄子的思致诚然是美，可是那一种精深的思想不美呢？怎见得《庄子》便是文学？你说他如趣味分明是理智的冷艳多于情感的温馨，他的姿态也是瘦硬多于柔腻，那只算得思想的美，不是情绪的美。不错。不过你能为我指出思想与情绪的分界究竟在哪里吗？唐子西在惠州给各种酒取名字，温和的叫作"养生主"，劲烈的叫做"齐物论"，他真是善于饮酒，又善于读《庄子》。《庄子》会使你陶醉，正因为那里边充满了和煦的、郁蒸的、焚灼的各种温度的情绪。向来一切伟大的文学和伟大的哲学是不分彼此的。你若看不出《庄子》的文学，只因他的神理太高，你骤然体验不到。

又恐琼楼玉宇，高处不胜寒。

是就下界的人们讲的，你若真是隶籍仙灵，何至有不胜寒的苦头？并且文学是要和哲学不分彼此，才庄严，才伟大。哲学的起点便是文学的核心。只有浅薄的、庸琐的、渺小的文学，才专门注意花叶的美茂，而忘掉了那最原始、最宝贵的类似哲学的仁子。无论《庄子》的花叶已经够美茂的了；即令他没有发展到花叶，只他那简单的几颗仁子，给投在文学的园地上，便是莫大的贡献，无量的功德。

三

讲到文辞，本是庄子的余事，但也就够人赞叹不尽的，讲究辞令的风气，我们知道，春秋时早已发育了；故国时纵横家及以孟轲、荀卿、韩非、李斯等人的文章也够好了，但充其量只算是辞令的极致，一种纯熟的工具，工具的本身难得有独立的价值，庄子可不然，到他手里，辞令正式蜕化成文学了。他的文字不仅是表现思想的工具，似乎也是一种目的，对于文学家庄子的认识，老早就有了定案。《天下篇》讨论其他诸子，只讲思想，谈到庄周，大半是评论文辞的话。

> 以谬悠之说，荒唐之言，无端崖之辞，时恣纵而不傥，不以觭见之也。以天下为沈浊，不可与庄语。以卮言为曼衍，以重言为真，以寓言为广。……其书虽瓌玮，而连犿无伤也。其辞虽参差，而諔诡可观。……其理不竭，其来不蜕，芒乎昧乎，未之尽者。

这可见庄子的文学色彩，在当时已瞒不过《天下篇》作者的注意，（假如《天下篇》是出于庄子自己的手笔，他简直以文学家自居了。）至于后世故文人学者，每逢提到庄子，谁不一唱三叹的颂扬他的文辞？高似孙说他：

> 极天之荒，穷人之伪，放肆迤演，如长江、大河，滚滚灌注，泛滥乎天下；又如万籁怒号，澎湃汹涌，声沉影灭，不可控抟。

赵秉忠把他和列子并论,说他们:

> 摛而为文,穷造化之姿态,极生灵之辽广,剖神圣之渺幽,探有无之隐赜,……
>
> 呜呼!天籁之鸣,风水之运,吾靡得覃其奇矣!

凌约言讲得简括而无其有意致:

> 庄子如神仙下世,咳吐谑浪,皆成丹砂。

读《庄子》,本分不出那是思想的美,那是文字的美。那思想与文字,外型与本质的极端的调和,那种不可捉摸的浑圆的机体,便是文章家的极致;只那一点,便足注定庄子在文学中的地位。朱熹说庄子"是他见得方说到",一句极乎淡极敷泛的断语,严格地讲,古今有几个人当得起?其实在庄子,"见"与"说"之间并无因果的关系,那譬如一面花,一面字,原来只是一颗钱币。世界本无所谓真纯的思想,除了托身在文学里,思想别无存在的余地;同时,是一个字,便有它的涵义,文字等于思想的躯壳,然而说来又觉得矛盾,一拿单字连缀成文章,居然有了缺乏思想的文字,或文字表达不出的思想。比方我讲自然现象中有种无光的火,或无火的光,你肯信吗?在人工的制作里确乎有那种文字与思想不碰头的偏枯的现象,不是辞不达意,便是辞浮于理。我们且不讲言情的文,或状物的文。言情状物要作到文辞与意义兼到,固然不容易,纯粹说理的文做到那地步尤其难,几乎不可能。也许正因那是近乎不可能的境地,有人便要把说理文根本搂出文学的范围外,那真是和狐狸吃不着葡萄，说葡萄酸一样的可笑。要反驳那种谬论，最好拿《庄子》给他读，即使除了庄子，你抬不出第二位证人来，那也不妨。就算庄子造了一件灵异的奇迹，一件化工罢了——就算庄子是单身匹马给文学开拓了一块新领土，也无不可。读《庄子》的人，定知道那是多层的轮快。你正在惊异那思想的奇警；在那踌躇的当儿，忽然又发觉一件事，你向那精微奥妙的思想何以竟有那样凑巧的曲达圆妙的辞句来表达它，你更惊异；再定神一看，又不知道哪是思想哪是文字了，也许什么也不是，而是经过化合作用的第三种东西，于是你尤其惊异。这应接不暇的惊异，便使你加倍的怆快，乐不可支。这境界，无论如何，在庄子以前，绝对找不到，以后，遇着的机会确实也不多。

四

如果你要的是纯粹的文学，在庄子那素净的说理文的背景上，也有着你看不完的花团锦簇的点缀——断索，零纨，珠光剑气，鸟语花香——诗，赋，传奇，小说，种种的原料，尽够你欣赏的，采撷的。这可以证明如果庄子高兴做一个通常所谓的文学家，他不是不能。

他是一个抒情的天才。宋祁、刘辰翁、杨慎等极欣赏的。

送君者皆自厓而返，君自此远矣！

果然是读了"令人萧寥有遗世之意"。《则阳篇》也有一段极有情致的文字：

>旧国旧都，望之畅然。虽使丘陵草木之缗入之者十九，犹之畅然，况见见闻闻者也，以十仞之台悬众间者也。

明人吴世尚曰："《易》之妙妙于象，《诗》之妙妙于情；《老》之妙得于《易》，《庄子》妙得于《诗》。"这里果然是一首妙绝的诗——外形同本质都是诗：

>天其运乎？地其处乎？日月其争于所乎？孰主张是？孰维纲是？孰居无事推而行是？意者其有机缄而不得已乎？意者其运转而不能自止邪？云者为雨乎？雨者为云乎？孰隆施是？孰居无事淫乐而劝是？风起北方，一西一东，有上仿徨——孰嘘吸是？孰居无事而披拂是？

这比屈原的《天问》何如？欧阳修说："参差奇诡而近于物情，兴者比者俱不能得其仿佛也。"只讲对了作者的一种"不战不许持寸铁"的妙技，至乎他那越世高谈的神理，后世除了李白，谁追上他的踪尘？李白仿这意思作了一首《日出入行》，我们也录来看看：

>日出东方隈，似从地底来，历天又入海，六龙所舍安在哉？其始与终古不息，人非元气安得与之久徘徊！草不谢荣于春风，木不怨落于秋天。谁挥鞭策驱四运？万物兴歌皆自然。……

古来最善解《庄争》的莫如宋真宗。张端义《贵耳集》载着一件轶事，说他："宴近臣，语及《庄子》，忽命《秋水》，至则翠鬟绿衣，一小女童，诵《秋水》篇。"这真是一种奇妙批评《庄子》的方法。清人程庭鹭说："向秀、郭象、应逊此女童全具《南华》神理。"所谓"神理"正指诗中那种最飘忽的，最高妙的抒情的趣味。

庄子又是一位写生的妙手。他的观察力往往胜过旁人百倍，正如刘辰翁所谓"不随人观物，故自有见"。他知道真人"凄然似秋，暖然似春"，或则"尸居而龙见，渊默而雷声"。他知道"生物之以息相吹"；他形容马"喜则交颈相靡，怒则分背相踢"；又看见"泽雉十步一啄，百步一饮"。他又知"槐之生也，入季春五日而兔目，十日而鼠耳，更旬面始规，二旬而叶成"。一部《庄子》中，这类的零星的珍玩，搜罗不尽。可是能刻画具型的物体，还不算一回事，风是一件不容易描写的东西，你看《齐物论》里有一段奇文：

> 夫大块噫气，其名为风。是唯无作，作则万窍怒呺。而独不闻之翏翏乎？山林之畏佳，大木百围之窍穴，似鼻，似口，似耳，似枅，似圈，似臼，似洼者，似污者。激者、謞者、叱者、吸者、叫者、譹者、宎者、咬者，前者唱于而随者唱喁，泠风则小和，飘风则大和，厉风济则众窍为虚。而独不见之调调之刁刁乎？

注意那写的是风的自身，不像著名的宋玉（？）《风赋》只写了风的表象。

五

讨论庄子的文学,真不好从哪里讲起,头绪太多了,最紧要的例如他的谐趣,他的想象;而想象中,又有怪诞的,幽渺的,新奇的,秾丽的各种方向,有所谓"建设的想象",有幻想;就谐趣讲,也有幽默,诙谐,讽刺,谑弄等等类别。这些其实都用得着专篇的文字来讨论,现在我们只就他的寓言连带地谈谈。

寓言本也是从辞令演化来的,不过庄子用得最多,也最精;寓言成为一种文艺,是从庄子起的。我们试想《桃花源记》,《毛颖传》等作品对于中国文学的贡献,便明了庄子的贡献。往下再不必问了,你可以一直推到《西游记》,《儒林外史》等等,都可以说是庄子的赐予。《寓言篇》明讲"寓言十九"。一部庄子几乎全是寓言,我们暂时无需举例。此刻急待解决的,倒是何以庄子的寓言便是文学。讲到这里,我只提到前面提出的谐趣与想象两点,你便恍然了。因为你知道那两种质素在文艺作品中所占的位置,尤其在中国文学中,更是那样凤毛麟角似的珍贵。若不是充满了他那隽永的谐趣,奇肆的想象,庄子的寓言当然和晏子,孟子似及一般游士说客的寓言,没有区别。谐趣和想象打成一片,设想愈奇幻,趣味愈滑稽,结果便愈能发人深省——这才是庄子的寓言。

有国于蜗之左角者,曰触氏;有国于蜗之右角者,曰蛮氏。时相与争地而战,伏尸数万,逐北旬有五日

> 而后反。
>
> 今之大冶铸金，金踊跃曰："我必且为镆铘。"大冶必以为不祥之金，今一犯人之形，而曰："人耳，人耳！"夫造化者，必以为不祥之人。

庄子的寓言竟有快变成唐、宋人的传奇的。他的"母题"固在故事所象征的意义，然而对于故事的本身——结构、描写、人格的分析，"氛围"的布置，……他未尝不感觉兴味。

> 儒以诗礼发冢，大儒胪传曰："东方作矣，事之何若？"小儒曰："未解裙襦，口中有珠。《诗》固有之曰：青青之麦，生于陵陂。生不布施，死何含珠为！"接其鬓，压其，儒以金椎控其颐，徐别其颊，无伤口中珠。

以及叙庖丁解牛时的细密的描写，还有其他的许多例，都足见庄子那小说家的手腕，至于书中各种各色的人格的研究，尤其值得注意，藐姑射山的神人，支离疏，庖丁，庚桑楚，都是极生动，极有个性的人物。

> 支离疏者，颐隐于齐，肩高于顶，会撮指天，五管在上，两髀为胁。挫针、治繲，足以糊口；鼓䇲播精，足以食十人。上征武士，则支离攘臂于其间；上有大役，则支离以有常疾不受功；上与病者粟，则受三锺与十束薪。

文中之支离疏，画中的达摩，是中国艺术里最特色的两个产品。正如达摩是画中有诗，文中也常有一种"清丑入图画，视之如古铜古玉"的人物，都代表中国艺术中极高古、极纯粹的境界；而文学中这种境界的开创者，则推庄子。诚然《易经》的"载鬼一车"，《诗经》的"牂羊坟首"早已开创了一种荒怪丑恶的趣味，但没有庄子用得多而且精，这种以丑为美的兴趣，多到庄子那程度，或许近于病态；可是谁知道，文学不根本便犯着那嫌疑呢！并且庄子也有健全的时候。

> 藐姑射之山，有神人居焉。肌肤若冰雪，淖约若处子；不食五谷，吸风饮露，乘云气，御飞龙，而游乎四海之外；其神凝，使物不疵疠，而年谷熟。……之人也，物莫之伤，大浸稽天而不溺，大旱金石流，土山焦而不热。

讲健全有能超过这样的吗？单看"肌肤若冰雪"一句，我们现在对于最高超也是最健全的美的观念，何尝不也是二千年前庄子给定下的标准？其实我们所谓健全不是庄子的健全，我们讲的是形骸，他注重的是精神，叔山无趾"犹有尊足者存"，王骀"不知耳目之所宜，而游心乎德之和，物视其所一，而不见其所丧，丧其足，犹遗土也。"庄子自有他所谓的健全，似乎比我们的眼光更高一等。即令退一两步讲，认定精神不能离开形骸而单独存在；那么，你又应注意，庄子的病态中是带着几分诙谐的。因此可以称为病态，却不好算作堕落。

道教的精神

自东汉以来,中国历史上一直流行着一种实质是巫术的宗教,但它却有极卓越的、精深的老庄一派的思想做它理论的根据,并奉老子为其祖师,所以能自称为道教。后人爱护老庄的,便说道教与道家实质上全无关系,道教生生拉着道家思想来做自己的护身符,那是道教的卑劣手段,不足以伤道家的清白。另一派守着儒家的立场而隐隐以道家为异端的人,直认道教便是堕落了的道家。这两派论者,前一派是有意袒护道家,但没有完全把握着道家思想的真谛,后一派,虽对道家多少怀有恶意,却比较了解道家,但仍然不免于"皮相"。这种人可说是缺少了点历史眼光。一个东西由一个较高的阶段退化到较低的,固然是常见的现象,但那较高的阶段是否也得有个来历呢?较高的阶段没有达到以前,似乎不能没有一个较低的阶级,我常疑心这哲学或玄学的道家思想必有一个前身，而这个前身很可能是某种富有神秘思想的原始宗教，或更具体点讲，一种巫教。这种宗教，在基本性质上恐怕与后来的道教无大差别，虽则在形式上与组织上尽可截然不同。这个不知名的古代宗教，我们可暂称为古道教，因之自东汉以来道教即可称之为新道教。我以为如其说新道教是堕落了的道家，不如说它是古道教的复活。不，古道教也许本来就没有死过。新道教只是古道教正常的、自然的组织而已。这里我们应把宗教和哲学分开，作为两笔账来清算。从古道教到新道教是一个系统的发展，所以应排在一条线上。哲学中的道家是从古道教中分泌出来的一种质素。精华既已分泌出来了，那所遗下的渣滓，不管它起什么发酵作用，精华是不能负责的。古道教经过一个时期的酝酿，后来发酵成天师道一类的形态，这是宗教自己的事，与那已经和宗教脱离了关系的道家思想何干？道家不但对新道教堕落了的行为可告无罪，它并且对古道教还有替它提炼出一些精华来的功绩。道教只有应该感谢道家的。但道家是出身于道教，恐怕是千真万确的事实，它若嫌这出身微贱，而想避讳或抵赖，那却是不应当的。

我所谓古道教究竟是什么样的东西？详细地说明，不是本文篇幅所许的，我现在只能挈要提出几点来谈谈。

后世的新道教虽奉老子为祖师，但真正接近道教的宗教精神的还是庄子。《庄子》书里实在充满了神秘思想，这种思想很明显的是一种古宗教的反影。《老子》书中虽也带着很浓的神秘色彩，但比起《庄子》似乎还淡得多。从这方面看，我们也不能不同意于多数近代学者的看法，以为至少《老子》这部书的时代，当在《庄子》后。像下录这些《庄子》书中的片段，不是一向被"得意忘言"的读者们认为庄子的"寓言"，甚或行文的词藻一类的东西吗？

> 藐姑射之山有神人居焉，肌肤若冰雪，绰约若处子，不食五谷，吸风饮露，乘云气，御飞龙，而游乎四海之外；其神凝，使物不疵疠，而年谷熟。……之人也，物莫之伤，大浸稽天而不溺，大旱金石流，土山焦而不热。(《逍遥游》)

> 夫道有情有信，无为无形，可传而不可受；可得而不可见，自本自根，未有天地，自古以固存，神鬼神帝，生天生地，在太极之先而不为高，在六极之下而不为深，先天地生而不为久，长于上古而不为老。狶韦氏得之，以挈天地，伏戏氏得之，以袭气母，维斗得之，终古不忒，日月得之，终古不息，堪坏得之，以袭昆仑，冯夷得之，以游大川，肩吾得之，以处大山，黄帝得之，以登云天，颛顼得之，以处玄宫，禺强得之，立乎北极，西王母得之，坐乎少广，莫知其

始,莫知其终,彭祖得之,上及有虞,下及五伯,傅说得之,以相武丁,奄有天下,乘东维,骑箕尾而比于列星。(《大宗师》)

至人神矣,大泽焚而不能热,河汉冱而不能寒,疾雷破山,飘风振海而不能惊。若然者,乘云气,骑日月,而游乎四海之外,死生无变于己。(《齐物论》)

以上只是从《内篇》中抽出的数例,其余《外杂篇》中类似的话还不少。这些决不能说是寓言,(庄子所谓"寓言"有它特殊的涵义,这里暂不讨论)。即是寓言,作者自己必先对于其中的可能性及真实性毫不怀疑,然后才肯信任它有阐明或证实一个真理的效用。你是决不会用"假"以证明"真"或用"不可能"以证明"可能"的,庄子想也不会采用这样的辩证法。其实庄子所谓"神人"、"真人"之类,在他自己是真心相信确有其"人"的。他并且相信本然的"人"就是那样具有超越性,现在的人之所以不能那样,乃是被后天的道德仁义之类所斫丧的结果。他称这本然的"人"为"真人"或"神人"或"天",理由便在于此。

我们只要记得灵魂不死的信念,是宗教的一个最基本的出发点,对庄子这套思想,便不觉得离奇了。他所谓"神人"或"真人",实即人格化了的灵魂。所谓"道"或"天"实即"灵魂"的代替字。灵魂是不生不灭的,是生命的本体,所以是真的，因之，反过来这肉体的存在便是假的。真的是"天"，假的是"人"。全套的庄子思想可说从这点出发。其他多多少少与庄子接近的，以贵己重生为宗旨的道家中各支派，又可说是从庄子推衍下来的情绪。把这些支派次第排列下来，我们可以发现神秘色彩愈浅，愈切近实际，陈义也愈低，低到一个极端，便是神仙家、房中家（此依《汉志》分类）等低级的变态的养形技术了。冯芝生先生曾经说，杨朱一派的贵生重己说仅仅是不伤生之道，而对于应付他人伤我的办法只有一避字诀。然人事万变无穷，害尽有不能避者。老子之学，乃发现宇宙间事物变化之通则，知之者能应用之则，可希望"没身不殆"。庄子之《人间世》亦研究在人世中，吾人如何可入其中而不受其害。然此等方法，皆不能保吾人以万全。盖人事万变无穷，其中不可见之因素太多故也。于是老学乃为打穿后壁之言曰：

"吾所以有大患者，为吾有身。及吾无身，吾有何患？"

此真大彻大悟之言。庄学继此而讲"齐死生，同人我"。不以害为害，于是害乃真不能伤。由上面的分析，冯先生下了一个结论，"老子之学，盖就杨朱之学更进一层，庄子之学，则更进二层也。"冯先生就哲学思想的立场，把杨老庄三家所陈之义，排列成如上的由粗而精的次第，是对的。我们现在也可就宗教思想的立场，说庄子的神秘色彩最重，与宗教最接近，老子次之，杨朱最切近现实，离宗教也最远，由杨朱进一步变为神仙房中诸养形的方技，再进一步，连用"渐"的方式来"养"形都不肯干，最好有种一服而"顿"即"变"形的方药，那便到了秦皇汉武辈派人求"不死药"的勾当了。庄和老是养神，杨朱可谓养生，神仙家中一派是养形，另一派是变形——这样由求灵魂不死变到求肉体不死，其手段由内功变到外功，外功中又由渐以至顿，——这便包括了战国、秦、汉间大部分的道术和方技，而溯其最初的根源，却是一种宗教的信仰。

除道家神仙家外，当时还有两派"显学"，便是阴阳与墨家了。这两家与宗教的关系，早已被学者们注意到了，这里无须申论。我们现在应考核的，是二家所与发生关系的是种什么样的宗教——即上文所谓古道教，还是另一种或数种宗教。关于这一点，我们首先可以回答，他们是不属于儒家的宗教。由古代民族复杂的情形看去，古代的宗教应当不只一种。儒家虽不甘以宗教自命，其实也是从宗教衍化或解脱出来的，而这种宗教和古道教截然是两回事。什么是儒家的宗教呢？胡适之先生列举过古代宗教迷信的三个要点：

（一）一个有意志知觉，能赏善罚恶的天帝；

（二）崇拜自然界种种质力的迷信，如祭天地日月山川之类；

（三）鬼神的迷信，以为人死有知，能作祸福，故必须祭祀供养他们。

胡先生认为这三种迷信"可算得是古中国的国教，这个国教的教主是'天子'"，并说"天子之名，乃是古时有此国教的铁证。"胡先生以这三点为古中国"国教"的中心信仰是对的，但他所谓"古中国"似乎是包括西起秦陇，东至齐鲁的整个黄河流域的古代北方民族，这一点似有斟酌的余地，傅孟真先生曾将中国古代民族分为东西两大系，是一个很重要的观察。（不过所谓东西当指他们远古时的原住地而言，后来东西互相迁徙，情形则较为复杂。）我以为胡先生所谓"国教"，只可说是东方民族的宗教，也便是儒家思想的策源地。至于他所举的三点，其实只能算作一点，因为前二点可归并到第三点中去。所谓"以人死有知，能作祸福"的"鬼神迷信"确乎是宗教信仰的核心。其实说"鬼神迷信"不如单说"鬼的迷信"，因为在儒家的心目中，神只是较高级的鬼，二者只有程度的悬殊，而无种类的差异。所谓鬼者，即人死而又似未死，能饮食，能行动。他能作善作恶，所以必须以祭祀的手段去贿赂或报答他。总之事鬼及高级鬼——神之道，一如事人，因为他即生活在一种不同状态中的人，他和生人同样，是一种物质，不是一种幻想的存在。明白了这一层，再看胡先生所举的第一点。既然那作为教主的人是"天子"——天之子，则"天"即天子之父，天子是"人"，则天子之父按理也必须是"人"了。由那些古代帝王感天而生的传说，也可以推到同样的结论。我们从东方民族的即儒家的经典中所认识的天,是个人格的天,那是毫不足怪的。这个天神能歆飨饮食,能作威作福,原来他只是由人死去的鬼中之最高级者罢了,天神即鬼,则胡先生的第一点便归入第三点了。

《鲁语》载着一个故事,说吴伐越,凿开会稽山,得到一块其大无比的骨头,碰巧吴使聘鲁,顺便就在宴会席上请教孔子。孔子以为那便是从前一位防风氏的诸侯的遗骸。他说:

"山川之灵石足以纪纲天下者,其守为神,社稷之守为公侯,皆属于王者。"

吴使又问:"防风所守的是什么?"他又答道:

"汪芒氏之君也,守封嵎之山者也,为漆姓,在虞、夏、商、周为汪芒氏,于周为长狄,今为大人。"

这证明了古代东方民族所谓山川之神乃是从前死去了的管领那山川的人,而并非山川本身。依胡先生所说祭山川之类是"崇拜自然界种种质力的迷信",那便等于说儒家是泛神论者了。其实他们的信仰中毫无这种意味。胡先生所举的第二点也可以归入第三点的。

儒家鬼神观念的真相弄明白了,我们现在可以转回去讨论道家了。上文我们已经说过道家的全部思想是从灵魂不死的观念推衍出来的,以儒道二家对照了看,似乎儒家所谓死人不死,是形骸不死,道家则是灵魂不死。形骸不死,所以要厚葬,要长期甚至于永远的祭祀。所谓"祭如在，祭神如神在"之在，乃是物质的存在。惟怕其不能"如在"，所以要设尸，以保证那"如在"的最高度的真实性。这态度可算执着到万分，实际到万分，也平庸到万分了。反之，道家相信形骸可死而灵魂不死，而灵魂又是一种非物质的存在，所以他对于丧葬祭祀处处与儒家立于相反的地位。《庄子·列御寇》篇载有庄子自己反对厚葬的一段话，但陈义甚浅，无疑是出于庄子后学的手笔。倒是汉朝"学黄老之术"而主张"裸葬以反真"的杨王孙发了一篇理论，真能代表道家的观念。

> 且夫死者终身之化，而物之归者也。归者得至，化者得变，是物各反其真也。反真冥冥，亡声亡形，乃合道情。夫饰外以华众，厚葬以鬲真，使归者不得至，化者不得变，是使物各失其所也。且吾闻之：精神者天之有也，形骸者地之有也。精神离形，各归其真，故谓之鬼，鬼之言归也。其尸块然独处，岂有知哉？裹以币帛，鬲以棺，支体络束，口含土石，欲化不得，郁为枯腊，千载之后，棺椁腐朽，乃得归土，就其真宅，繇是言之，焉用久客？

这完全是形骸死去，灵魂永生的道理，灵魂既是一种"无形无声"超自然的存在，自然也用不着祭祀的供养了。所以儒家的重视祭祀，又因祭祀而重视礼文，在道家看来，真是太可笑了。总之儒家是重形骸的，以为死后，生命还继续存在于形骸，他们不承认脱离形骸后灵魂的独立存在。道家是重视灵魂的，以为活时生命暂寓于形骸中，一旦形骸死去，灵魂便被解放出来，而得到这种绝对自由的存在，那才是真的生命。这对于灵魂的承认与否，便是产生儒道二家思想的两个宗教的分水岭。因此二派哲学家思想中的宇宙论，人生论，或知识论，以至于政治思想等，无不随着这宗教信仰上先天的差别背道而驰了。

作为儒道二家的前身的宗教信仰既经判明了，我们现在可以回到阴阳家与墨家了。阴阳家的学说本身是一种宇宙论，就其性质讲，与儒家远而与道家近，是一望而知的。至于他们那天人相应的理论，则与庄子返人于天之说极相似，所以尽可以假定阴阳家与道家是同出于一个原始的宗教的，司马谈论道家曰：

"其为精也，因阴阳之大顺，采儒墨之善，撮名法之要。"

这里分明是以阴阳家思想为道家的思想的主体或间架，而认儒墨名法等只有补充修正的副加作用。这也许是受阴阳家影响之后的道家的看法。然即此也可见阴阳家与道家的血缘，本来极近，所以他们的结合特别容易。钱宾四先生曾说"墨氏之称墨，由于薄葬"，我以为称墨与薄葬的关系如何还难确定，薄葬为墨家思想的最基本的核心，却是可能的，若谓"薄葬"之义生于"节用"，那未免把墨家看得太浅薄了。何况节用很多，墨子乃专在丧葬上大做文章，岂不可怪？我疑心节葬的理论是受了重灵魂轻形骸的传统宗教思想的影响，把节葬与节用连起来讲，不如把它和墨家重义轻生的态度看作一贯的发展，斤斤于"身体发肤，受之父母，不敢毁伤"的儒家，虽也讲"杀身成仁"，但那究竟是出于不得已。墨家本有轻形骸的宗教传统，所以他们蹈汤赴火的姿态是自然的，情绪是热烈的，与儒家真不可同日而语。墨家在其功利主义上虽与儒家极近，但这也可说是墨子住在东方，接受了儒家的影响，在骨子里墨与道要调和得多，宋钘、尹文不明明是这两派间的桥梁吗？我疑心墨家也是与道家出于那古道教的。《庄子·天下》篇的作者把墨翟、禽滑厘也算作曾经闻过古之道术，与宋钘、尹文、彭蒙、田骈、慎到、关尹、老聃、庄周等一齐都算作知"本数"的，而认"邹鲁之士，搢绅先生"所谈的只是"末度"，《天下》篇的作者显然认为墨家都在道家的圈子里，只有儒家当除外。他又说"道术将为天下裂"，然则百家（对儒而言）本是从一个共同的道分裂出来的，这个未分裂以前的"道"是什么？莫非就是所谓古道教吧！这古道教如果真正存在的话，我疑心它原是中国古代西方某民族的宗教，与那儒家所从导源的东方宗教比起来，这宗教实在超卓多了，伟大多了，美丽多了，姑无论它的流裔是如何没出息！

龙凤

前些时接到一个新兴刊物负责人一封征稿的信，最使我发生兴味的是那刊物的新颖命名——"龙凤"，虽则照那篇《缘起》看，聪明的主编者自己似乎并未了解这两字中丰富而深邃的含义。无疑的他是被这两个字的奇异的光艳所吸引，他迷惑于那蛇皮的夺目的色彩，却没理会蛇齿中埋伏着的毒素，他全然不知道在玩弄色彩时，自己是在与毒素同谋。

就最早的意义说，龙与凤代表着我们古代民族中最基本的两个单元——夏民族与殷民族，因为在"鲧死，……化为黄龙，是用出禹"和"天命玄鸟（即凤），降而生商"两个神话中，我们依稀看出，龙是原始夏人的图腾，凤是原始殷人的图腾（我说原始夏人和原始殷人，因为历史上夏殷两个朝代，已经离开图腾文化时期很远，而所谓图腾者，乃是远在夏代和殷代以前的夏人和殷人的一种制度兼信仰），因之把龙凤当作我们民族发祥和文化肇端的象征，可说是再恰当没有了。若有人愿意专就这点着眼，而想借"龙凤"二字来提高民族意识和情绪，那倒无可厚非。可惜这层历史社会学的意义在一般中国人心目中并不存在，而"龙凤"给一般人所引起的联想则分明是另一种东西。

图腾式的民族社会早已变成了国家，而封建王国又早已变成了大一统的帝国，这时一个图腾生物已经不是全体族员的共同祖先，而只是最高统治者一姓的祖先，所以我们记忆中的龙凤，只是帝王与后妃的符瑞，和他们及她们宫室舆服的装饰"母题"，一言以蔽之，它们只是"帝德"与"天威"的标记。有了一姓，便对应地产生了百姓，一姓的尊荣，便天然地决定了百姓的苦难。你记得复辟与龙旗的不可分离性，你便会原谅我看见"龙凤"二字而不禁怵目惊心的苦衷了。我是不同意于"天王圣明，臣罪当诛"的。

《缘起》中也提到过"龙凤"二字在文化思想方面的象征意义，他指出了文献中以龙比老子的故事，却忘了一副天生巧对的下联，那便是以凤比孔子的故事。可巧故事都见于《庄子》一书。《天运篇》说孙子见过老聃后，发呆了三天说不出话，弟子们问他给"老聃"讲了些什么，他说："吾乃今于是乎见龙——龙合而成体，散而成章，乘云气而养（翔）乎阴阳，予

口张而不能噏,舌举而不能讯,予又何规老聃哉!"这是常用的典故(也就是许多姓李的楹联中所谓"犹龙世泽"的来历)。至于以凤比孔子的典故,也近在眼前,不知为什么从未成为词章家"獭祭"的资料,孔子到了楚国,著名的疯子接舆所唱的那充满讽刺性的歌儿——

"凤兮凤兮!何如(汝)德之衰也?来世不可待?往世不可追也!……"

不但见于《庄子》(《人间世篇》),还见于《论语》(《微子篇》)。是以前读死书的人不大认识字,不知道"如"是"汝"的假借,因而没弄清话中的意思吗?可是《汉石经》《论语》"如"作"而","而"字本也训"汝",那么歌辞的喻意,至少汉人是懂得。另一个也许更有趣的以凤比孔子的出典,见于唐宋《类书》所引的一段《庄子》佚文:

老子见孔子从弟子五人,问曰:"前为谁?"对曰:"子路,勇且力。其次子贡为智,曾子为孝,颜回为仁,子张为武。"老子叹曰:"吾闻南方有鸟,其名为凤……凤鸟之文,戴圣婴仁,右智左贤,……"

这里以凤比孔子,似乎更明显。尤其有趣的是,那次孔子称老子为龙,这次是老子回敬孔子,比他作凤,龙凤是天生的一对,孔老也是天生的一对,而话又出自彼此的口中,典则同见于《庄子》。你说这天生巧对是庄子巧思的创造,意匠的游戏——又是他老先生的"谬悠之说，荒唐之言，无端崖之辞"吗？也不尽然。前面说过原始殷人是以凤为图腾的，而孔子是殷人之后，我们尤其熟悉。老子是楚人，向来无异词，楚是祝融六姓中芈姓季连之后，而祝融，据近人的说法，就是那"人面龙身而无足"的烛龙，然则原始楚人也当是一个龙图腾的族团。以老子为龙，孔子为凤，可能是庄子的寓言，但寓言的产生也该有着一种素地，民俗学的素地（这可以《庄子》书中许多其它的寓言为证）。其实凤是殷人的象征，孔子是殷人的后裔，呼孔子为凤，无异称他为殷人。龙是夏人的，也是楚人的象征，说老子是龙，等于说他是楚人，或夏人的本家。中国最古的民族单元不外夏殷，最典型中国式而最有支配势力的思想家莫如孔老，刊物命名为"龙凤"，不仅象征了民族，也象征了最能代表民族气质的思想家，这从某种观点看，不能不说是中国有刊物以来最漂亮的名字了！

然而，还是庄子的道理，"腐臭复化为神奇，神奇复化为腐臭"，——从另一种观点看，最漂亮的说不定也就是最丑恶的。我们在上文说过，图腾式的民族社会早已变成了国家，而封建的王国又早已变成了大一统的帝国，在我们今天的记忆中，龙凤只是"帝德"与"天威"的标记而已，现在从这角度来打量孔老，恕我只能看见一位"申申如也，夭夭如也"而谄上骄下的司寇，和一位以"大巧若拙"的手段"助纣为虐"的柱下史

（五千言本也是"君人南面之术"）。有时两个身影叠成一个，便又幻出忽而"内老外儒"，忽而"外老内儒"，种种的奇形怪状。要晓得这条"见首不见尾"的阴谋家——龙，这只"戴圣婴仁"的伪君子——凤，或二者的混合体，和那象征着"帝德"、"天威"的龙凤，是不可须臾离的。有了主子，就用得着奴才，有了奴才，也必然会捧出一个主子，帝王与士大夫是相依为命的。主子的淫威和奴才的恶毒——暴发户与破落户双重势力的结合，压得人民半死不活。三千年惨痛的记忆，教我们面对这意味深长的"龙凤"二字，怎能不怵目惊心呢！

事实上，生物界只有穷凶极恶而诡计多端的蛇，和受人豢养，替人帮闲，而终不免被人宰割的鸡，哪有什么龙和凤呢？科学来了，神话该退位了。办刊物的人也得当心，再不得要让"死的拉住活的"了！

要不然，万一非给这民族选定一个象征性的生物不可，那就还是狮子罢，我说还是那能够怒吼的狮子罢，如果它不再太贪睡的话。

说舞

一场原始的罗曼司

假想我们是在参加着澳洲风行的一种科罗泼利（Corro Borry）舞。

灌木林中一块清理过的地面上，中间烧着野火，在满月的清辉下吐着熊熊的赤焰。现在舞人们还隐身在黑暗的丛林中从事化装。野火的那边，聚集着一群充当乐队的妇女。忽然林中发出一种坼裂声，紧跟着一阵沙沙的磨擦声——舞人们上场了。闯入火光圈里来的是三十个男子，一个个脸上涂着白垩，两眼描着圈环，身上和四肢画着些长的条纹。此外，脚踝上还系着成束的树叶，腰间团着兽皮裙。这时那些妇女已经面对面排成一个马蹄形。她们完全是裸着的。每人在两膝间绷着一块整齐的袋鼠皮。舞师呢，他站在女人们和野火之间，穿的是通常的袋鼠皮围裙，两手各执一棒。观众或立或坐地围成一个圆圈。

舞师把舞人们巡视过一遭之后，就回身走向那些妇女们。突然他的棒子一拍，舞人们就闪电般地排成一行，走上前来。他再视察一番，停了停等行列完全就绪了，就发出信号来，跟着他的木棒的拍子，舞人们的脚步移动了，妇女们也敲着袋鼠皮唱起歌来。这样，一场科罗泼利便开始了。

拍子愈打愈紧，舞人的动作也愈敏捷，愈活泼，时时扭动全身，纵得很高，最后一齐发出一种尖锐的叫声，突然隐入灌木林中去了。场上空了一会儿。等舞师重新发出信号，舞人们又再度出现了。这次除舞队排成弧形外，一切和从前一样。妇女们出来时，一面打着拍子，一面更大声地唱，唱到几乎嗓子都要裂了，于是声音又低下来，低到几乎听不见声音。歌舞的尾声和第一折相仿佛。第三、四、五折又大同小异地表演过了。但有一次舞队是分成四行的，第一行退到一边，让后面几行向前迈进，到达妇人们面前，变作一个由身体四肢交锁成的不可解的结，可是各人手中的棒子依然在飞舞着。你直害怕他们会打破彼此的头。但是你放心，他们的动作无一不遵守着严格的规律，决不会出什么岔子的。这时情绪真紧张到极点，舞人们在自己的噪呼声中，不要命地顿着脚跳跃，妇女们也发狂似的打着拍子引吭高歌。响应着他们的热狂的，是那高烛云空的火光,急雨点似的劈拍地喷射着火光。最后舞师两臂高举,一阵震耳的掌声,舞人们退场了,妇女和观众也都一哄而散,抛下一片清冷的月光,照着野火的余烬渐渐熄灭了。

这就是一场澳洲的科罗泼利舞,但也可以代表各地域各时代任何性质的原始舞,因为它们的目的总不外乎下列这四点:(一)以综合性的形态动员生命,(二)以律动性的本质表现生命,(三)以实用性的意义强调生命,(四)以社会性的功能保障生命。

综合性的形态

舞是生命情调最直接,最实质,最强烈,最尖锐,最单纯而又最充足的表现。生命的机能是动,而舞便是节奏的动,或更准确点,有节奏的移易地点的动,所以它直接是生命机能的表演。但只有在原始舞里才看得出舞的真面目,因为它是真正全体生命机能的总动员,它是一切艺术中最大综合性的艺术。它包有乐与诗歌,那是不用说的。它还有造型艺术,舞人的身体是活动的雕刻,身上的文饰是图案,这也都显而易见。所当注意的是,画家所想尽方法而不能圆满解决的光的效果,这里借野火的照明,却轻轻地抓住了。而野火不但给了舞光,还给了它热,这触觉的刺激更超出了任何其它艺术部门的性能。最后，原始人在舞的艺术中最奇特的创造，是那月夜丛林的背景对于舞场的一种镜框作用。由于框外的静与暗，和框内的动与明，发生着对照作用，使框内一团声音光色的活动情绪更为集中，效果更为强烈，藉以刺激他们自己对于时间（动静）和空间（明暗）的警觉性，也便加强了自己生命的实在性。原始舞看来简单，唯其简单，所以能包含无限的复杂。

律动性的本质

上文说舞是节奏的动，实则节奏与动，并非二事。世间决没有动而不成节奏的，如果没有节奏，我们便无从判明那是动。通常所谓"节奏"是一种节度整齐的动，节度不整齐的，我们只称之为"动"，或乱动，因此动与节奏的差别，实际只是动时节奏性强弱的程度上的差别。而并非两种性质根本不同的东西。上文已说过，生命的机能是动，而舞是有节奏的移易地点的动，所以也就是生命机能的表演。现在我们更可以明白，所谓表演与非表演，其间也只有程度的差别而已。一方面生命情绪的过度紧张，过度兴奋，以至成为一种压迫，我们需要一种更强烈，更集中的动，来宣泄它，和缓它。一方面紧张兴奋的情绪，是一种压迫，也是一种愉快，所以我们也需要在更强烈，更集中的动中来享受它。常常有人讲，节奏的作用是在减少动的疲乏。

诚然。但须知那减少疲乏的动机，是积极而非消极的，而节奏的作用是调整而非限制。因为由紧张的情绪发出的动是快乐，是可珍惜的，所以要用节奏来调整它，使它延长，而不致在乱动中轻轻浪费掉。甚至这看法还是文明人的主观，态度还不够积极。节奏是为减轻疲乏的吗？如果疲乏是讨厌的，要不得的，不如干脆放弃它。放弃疲乏并不是难事，在那月夜，如果怕疲乏，躺在草地上对月亮发愣，不就完了吗？如果原始人真怕疲乏，就干脆没有舞那一套，因为无论怎样加以调整，最后疲乏总归是要来到的，不，他们的目的是在追求疲乏，而舞（节奏的动）是达到那目的最好的通路。一位著者形容新南威尔斯土人的舞说："……鼓声渐渐紧了，动作也渐渐快了。直至达到一种如闪电的速度。有时全体一跳跳到半空，当他们脚尖再触到地面时，那分开着的两腿上的肉腓，颤动得直使那白垩的条纹，看去好像蠕动的长蛇，同时一阵强烈的嘶声充满空中（那是他们的喘息声）。"非洲布须曼人的摩科马舞（Mokoma）更是我们不能想象的。"舞者跳到十分疲劳，浑身淌着大汗，口里还发出千万种叫声，身体做着各种困难的动作，以至一个一个地，跌倒在地上，浴在源源而出的鼻血泊中。因此他们便叫这种舞作'摩科马'，意即血的舞。"总之，原始舞是一种剧烈的，紧张的，疲劳性的动，因为只有这样他们才体会到最高限度的生命情调。

实用性的意义

西方学者每分舞为模拟式的与操练式的二种,这又是文明人的主观看法。二者在形式上既无明确的界线,在意义上尤其相同。所谓模拟舞者,其目的,并不如一般人猜想的,在模拟的技巧本身,而是在模拟中所得的那逼真的情绪。他们甚至不是在不得已的心情下以假代真,或在客观的真不可能时,乃以主观的真权当客观的真。他们所求的只是那能加强他们的生命感的一种提炼的集中的生活经验——一杯能使他们陶醉的醇醲而酷烈的酒。只要能陶醉,那酒是真是假,倒不必计较,何况真与假,或主观与客观,对他们本没有多大区别呢!他们不因舞中的"假"而从事于舞,正如他们不以巫术中的"假"而从事巫术。反之,正因他们相信那是真,才肯那样做,那样认真地做(儿童的游戏亦复如此)。既然因日常生活经验不够提炼与集中,才要借艺术中的生活经验——舞来获得一醉,那么模拟日常生活经验,就模拟了它的不提炼与集中,模拟得愈像,便愈不提炼,愈不集中,所以最彻底的方法,是连模拟也放弃了,而仅剩下一种抽象的节奏的动,这种舞与其称为操练舞,不如称为"纯舞",也许还比较接近原始心理的真相。一方面,在高度的律动中,舞者自身得到一种生命的真实感(一种觉得自己是活着的感觉），那是一种满足。另一方面，观者从感染作用，也得到同样的生命的真实感，那也是一种满足，舞的实用意义便在这里。

社会性的功能

或由本身的直接经验（舞者），或者感染式的间接经验（观者），因而得到一种觉着自己是活着的感觉，这虽是一种满足，但还不算满足的极致。最高的满足，是感到自己和大家一同活着，各人以彼此的"活"互相印证，互相支持，使各人自己的"活"更加真实，更加稳固，这样满足才是完整的，绝对的。这群体生活的大和谐的意义，便是舞的社会功能的最高意义，由和谐的意识而发生一种团结与秩序的作用，便是舞的社会功能的次一等的意义。关于这点，高罗斯（Ernest Groose）讲得最好："在跳舞的白热中，许多参与者都混成一体，好像是被一种感情所激动而动作的单一体。在跳舞期间，他们是在完全统一的社会态度之下，舞群的感觉和动作正像一个单一的有机体。原始跳舞的社会意义全在乎统一社会的感应力。他们领导并训练一群人，使他们在一种动机，一种感情之下，为一种目的而活动（在他们组织散漫和不安定的生活状态中，他们的行为常被各个不同的需要和欲望所驱使）。它至少乘机介绍了秩序和团结给这狩猎民族的散漫无定的生活中。除战争外,恐怕跳舞对于原始部落的人,是惟一的使他们觉着休戚相关的时机。它也是对于战争最好的准备之一,因为操练式的跳舞有许多地方相当于我们的军事训练。在人类文化发展上,过分估计原始跳舞的重要性,是一件困难的事。一切高级文化,是以各个社会成分的一致有秩序的合作为基础的,而原始人类却以跳舞训练这种合作。"舞的第三种社会功能更为实际。上文说过,主观的真与客观的真,在原始人类意识中没有明确的分野。在感情极度紧张时,二者尤易混淆,所以原始舞往往弄假成真,因而发生不少的暴行。正因假的能发生真的后果,所以他们常常用这假的作为钩引真的媒介。许多关于原始人类战争的记载,都说是以跳舞开场的,而在我国古代,武王伐纣前夕的歌舞,即所谓"武宿夜"者,也是一个例证。

诗的格律

一

假定"游戏本能说"能够充分地解释艺术的起源，我们尽可以拿下棋来比做诗；棋不能废除规矩，诗也就不能废除格律。（格律在这里是 form 的意思。"格律"两个字最近含着了一点坏的意思；但是直译 form 为形体或格式也不妥当。并且我们若是想起 form 和节奏是一种东西，便觉得 form 译作格律是没有什么不妥的了。）假如你拿起棋子来乱摆布一气，完全不依据下棋的规矩进行，看你能不能得到什么趣味？游戏的趣味是要在一种规定的条律之内出奇制胜。做诗的趣味也是一样的。假如诗可以不要格律，做诗岂不比下棋，打球，打麻将还容易些吗？难怪这年头儿的新诗"比雨后的春笋还多些"。我知道这些话准有人不愿意听。但是 Bliss Perry 教授的话来得更古板。他说：

"差不多没有诗人承认他们真正给格律缚束住了。他们乐意带着脚镣跳舞,并且要带别个诗人的脚镣。"

这一段话传出来,我又断定许多人会跳起来,喊着:"就算它是诗,我不做了行不行?"老实说,我个人的意思以为这种人就不做诗也可以,反正他不打算来带脚镣,他的诗也就做不到怎样高明的地方去。杜工部有一句经验语很值得我们揣摩:"老去渐于诗律细。"

诗国里的革命家喊道:"皈返自然!"他们以为有了这四个字,便师出有名了。其实他们要知道自然界的格律,虽然有些像蛛丝马迹,但是依然可以找得出来。不过自然界的格律不圆满的时候多,所以必须艺术来补充它。这样讲来,绝对的写实主义便是艺术的破产。"自然的终点便是艺术的起点",王尔德说得很对。自然并不尽是美的。自然中有美的时候,是自然类似艺术的时候。最好拿造型艺术来证明这一点。我们常常称赞美的山水,讲它可以入画。的确中国人认为美的山水,是以像不像中国的山水画做标准的。欧洲文艺复兴以前所认为女性的美,从当时的绘画里可以证明,同现代的女性美的观念完全不合;但是现代的观念又同希腊的雕像所表现的女性美相符了。这是因为希腊雕像的出土,促成了文艺复兴,文艺复兴以来,艺术家描写美人,都拿希腊的雕像做蓝本,因此便改造了欧洲人的女性美的观念。我在赵瓯北的一首诗里发现了同类的见解。

"绝似盆池聚碧屏，嵌空石笋满江湾。

化工也爱翻新样，反把真山学假山。"

这径直是讲自然在模仿艺术了。自然界当然不是绝对没有美的。自然界里面也可以发现出美来，不过那是偶然的事。偶然在言语里发现了一点类似诗的节奏，便说言语就是诗，便要打破诗的音节。要它变得和言语一样——这真是诗的自杀政策了。（注意我并不反对用土白做诗，我并且相信土白是我们新诗的领域里一块非常肥沃的土壤，理由等将来再仔细地讨论。我们现在要注意的只是土白可以"做"诗；这"做"字便说明了土白须要经过一番锻炼的工作然后才能成诗。）诗的所以能激发情感，完全在它的节奏；节奏便是格律。莎士比亚的诗剧里往往遇见情绪紧张到万分的时候，便用韵语来描写。葛德作《浮士德》也曾采用同类的手段，在他致席勒的信里并且提到了这一层。韩昌黎"得窄韵则不复傍出。而因难见巧，愈险愈奇……"这样看来，恐怕越有魅力的作家，越是要带着脚镣跳舞才跳得痛快，跳得好。只有不会跳舞的才怪脚镣碍事。只有不会做诗的才感觉得格律的缚束。对于不会做诗的，格律是表现的障碍物；对于一个作家，格律便成了表现的利器。

又有一种打着浪漫主义的旗帜来向格律下攻击令的人。对于这种人，我只要告诉他们一件事实。如果他们要像现在这样的讲什么浪漫主义，就等于承认他们没有创造文艺的诚意。因

为,照他们的成绩看来,他们压根儿就没有注意到文艺的本身,他们的目的只在披露他们自己的原形。顾影自怜的青年们一个个都以为自身的人格是再美没有的,只要把这个赤裸裸的和盘托出,便是艺术的大成功了。你没有听见他们天天唱道"自我的表现"吗?他们确乎只认识了文艺的原料,没有认识那将原料变成文艺所必需的工具。他们用了文字作表现的工具,不过是偶然的事。他们最称心的工作是把所谓"自我"披露出来,是让世界知道"我"也是一个多才多艺,善病工愁的少年;并且在文艺的镜子里照见自己那偒傥的风姿,还带着几滴多情的眼泪,啊!啊!那是多么有趣的事!多么浪漫!不错,他们所谓浪漫主义,正浪漫在这一点上,和文艺的派别绝不发生关系。这种人的目的既不在文艺,当然要他们遵从诗的格律来做诗,是绝对办不到的;因为有了格律的范围,他们的诗就根本写不出来了,那岂不失了他们那"风流自赏"的本旨吗?所以严格一点讲起来,这一种伪浪漫派的作品,当它作把戏看可以,当它作西洋镜看也可以,但是万不能当它作诗看。格律不格律,因此就谈不上了。让他们来反对格律,也就没有辩驳的价值了。

上面已经讲了格律就是 form。试问取消了 form,还有没有艺术?上面又讲到格律就是节奏。讲到这一层更可以明了格律的重要;因为世上只有节奏比较简单的散文,决不能有没有节奏的诗。本来诗一向就没有脱离过格律或节奏。这是没有人怀疑过的天经地义。如今却什么天经地义也得有证明才能成立？是不是？但是为什么闹到这种地步呢——人人都相信诗可以废除格律？也许是"安拉基"精神，也许是好时髦的心理，也许是偷懒的心理，也许是藏拙的心理，也许是……那我可不知道了。

二

前面已经稍稍讲了讲诗为什么不当废除格律。现在可以将格律的原质分析一下了。从表面上看来，格律可以从两方面讲：（一）属于视觉方面的，（二）属于听觉方面的。这两类其实不当分开来讲，因为它们是息息相关的。

譬如属于视觉方面的格律有节的匀称，有句的均齐。属于听觉方面的有格式，有音尺，有平仄，有韵脚；但是没有格式，也就没有节的匀称，没有音尺，也就没有句的均齐。

关于格式，音尺，平仄，韵脚等问题，本刊上已经有饶孟侃先生论新诗的音节的两篇文章讨论得很精细了。不过他所讨论的是从听觉方面着眼的。

至于视觉方面的两个问题，他却没有提到。当然视觉方面的问题比较占次要的位置。但是在我们中国的文学里，尤其不当忽略视觉一层，因为我们的文字是象形的，我们中国人鉴赏文艺的时候，至少有一半的印象是要靠眼睛来传达的。原来文学本是占时间又占空间的一种艺术。既然占了空间,却又不能在视觉上引起一种具体的印象——这本是欧洲文字的一个缺憾。我们的文字有了引起这种印象的可能,如果我们不去利用它,真是可惜了。所以新诗采用了西文诗分行写的办法,的确是很有关系的一件事。姑无论开端的人是有意的还是无心的,我们都应该感谢他。因为这一来,我们才觉悟了诗的实力不独包括音乐的美(音节),绘画的美(词藻),并且还有建筑的美(节的匀称和句的均齐)。这一来,诗的实力上又添了一支生力军,诗的声势更加浩大了。所以如果有人要问新诗的特点是什么,我们应该回答他:增加了一种建筑美的可能性是新诗的特点之一。

近来似乎有不少的人对于节的匀称和句的均齐表示怀疑,以为这是复古的象征。做古人的真倒霉,尤其做中华民国的古人!你想这事怪不怪?做孔子的如今不但"圣人""夫子"的徽号闹掉了,连他自己的名号也都给褫夺了,如今只有人叫他作"老二";但是耶稣依然是耶稣基督,苏格拉提依然是苏格拉提。你做诗摹仿十四行体是可以的,但是你得十二分的小心,不要把它做得像律诗了。我真不知道律诗为什么这样可恶,这样卑贱!何况用语体文写诗写到同律诗一样,是不是可能的?并且现在把节做到匀称了,句做到均齐了,这就算是律诗吗?

诚然,律诗也是具有建筑美的一种格式;但是同新诗里的建筑美的可能性比起来，可差得多了。律诗永远只有一个格式，但是新诗的格式是层出不穷的。这是律诗与新诗不同的第一点。做律诗，无论你的题材是什么，意境是什么，你非得把它挤进这一种规定的格式里去不可，仿佛不拘是男人，女人，大人，小孩，非得穿一种样式的衣服不可。但是新诗的格式是相体裁衣。例如《采莲曲》的格式决不能用来写《昭君出塞》，《铁道行》的格式决不能用来写《最后的坚决》，《三月十八日》的格式决不能用来写《寻找》。在这几首诗里面，谁能指出一首内容与格式，或精神与形体调和的美，在那印板式的律诗里找得出来吗？在那乱杂无章，参差不齐，信手拈来的自由诗里找得出来吗？

律诗的格律与内容不发生关系，新诗的格式是根据内容的精神制造成的。这是它们不同的第二点。律诗的格式是别人替我们定的，新诗的格式可以由我们自己的意匠来随时构造。这是它们不同的第三点。有了这三个不同之点，我们应该知道新诗的这种格式是复古还是创新，是进步还是退化。

现在有一种格式：四行成一节，每句的字数都是一样多。这种格式似乎用得很普遍。尤其是那字数整齐的句子，看起来好像刀子切的一般，在看惯了参差不齐的自由诗的人，特别觉得有点希奇。他们觉得把句子切得那样整齐，该是多么麻烦的工作。他们又想到做诗要是那样的麻烦，诗人的灵感不完全毁坏了吗？灵感毁了，还哪里去找诗呢？不错，灵感毁了，诗也毁了。但是字句锻炼得整齐，实在不是一件难事；灵感决不致因为这个就会受了损失。我曾经问过现在常用整齐的句法的几个作者，他们都这样讲；他们都承认若是他们的哪一首诗没有做好，只应该归罪于他们还没有把这种格式用熟；这种格式的本身不负丝毫的责任。我们最好举两个例来对照着看一看，一个例是句法不整齐的；一个是整齐的，看整齐与凌乱的句法和音节的美丑有关系没有——

"我愿透着寂静的朦胧，薄淡的浮纱，

细听着渐渐的细雨寂寂的在檐上，激打遥对着远远吹来的空虚中的嘘叹的声音，

意识着一片一片地坠下的轻轻的白色的落花。"

"说到这儿，门外忽然风响，

老人的脸上也改了模样；

孩子们惊望着他的脸色，

他也惊望着炭火的红光。"

到底哪一个的音节好些——是句法整齐的，还是不整齐？更彻底地讲来，句法整齐不但于音节没有妨碍，而且可以促成音节的调和。这话讲出来，又有人不肯承认了。我们就拿前面的证例分析一下，看整齐的句法同调和的音节是不是一件事。

孩子们｜惊望着｜他的｜脸色

他也 | 惊望着 | 炭火的 | 红光

这时每行都可以分成四个音尺,每行有两个"三字尺"(三个字构成的音尺之简称,以后仿此)和两个"二字尺",音尺排列的次序是不规则的,但是每行必须还他两个"三字尺"两个"二字尺"的总数。这样写来,音节一定铿锵,同时字数也就整齐了。所以整齐的字句是调和的音节必然产生出来的现象。绝对的调和音节,字句必定整齐。(但是反过来讲,字数整齐了,音节不一定就会调和,那是因为只有字数的整齐,没有顾到音尺的整齐——这种的整齐是死气板脸地硬嵌上去的一个整齐的框子,不是充实的内容产生出来的天然的整齐的轮廓。)

这样讲来,字数整齐的关系可大了,因为从这一点表面上的形式,可以证明诗的内在的精神——节奏的存在与否。如果读者还以为前面的证例不够,可以用同样的方法分析我的《死水》。

这首诗从第一行

这是 | 一沟 | 绝望的 | 死水起,以后每一行都是用二个"二字尺"和一个"三字尺"构成的,所以每行的字数也是一样多。结果,我觉得这首诗是我第一次在音节上的最满意的试验。因为近来有许多朋友怀疑到《死水》这一类麻将牌式的格式,所以我今天就顺便把它说明一下。我希望读者注意,新诗的音节,从前面所分析的看来,确乎已经有了一种具体的方式可寻。这

种音节的方式发现以后,我断言新诗不久定要走进一个新的建设的时期了。无论如何,我们应该承认这在新诗的历史里是一个轩然大波。这一个大波的荡动是进步还是退化,不久也就自然有了定论。

(原载1926年5月《晨报》副刊《诗镌》)

时代的鼓手

《烙印》序

克家催我给他的诗集作序,整催了一年。他是有理由的。便拿《生活》一诗讲,据许多朋友说,并不算克家的好诗,但我却始终极重视它,而克家自己也是这样的。我们这意见的符合,可以证实,由克家自己看来,我是最能懂他的诗了。我现在不妨明说,《生活》确乎不是这集中最精彩的作品,但却有令人不敢亵视的价值,而这价值也便是这全部诗集的价值。

克家在《生活》里说:

这可不是混着着好玩,这是生活。

这不啻给他的全集下了一道案语,因为克家的诗正是这样——不是"混着好玩",而是"生活"。其实只要你带着笑脸,存点好玩的意思来写诗,不愁没有人给你叫好。所以作一首寻常所谓好诗,不是最难的事。但是,做一首有意义的,在生活

上有意义的诗，却大不同。克家的诗，没有一首不具有一种极顶真的生活的意义。没有克家的经验，便不知道生活的严重。

  一万枝暗箭埋伏在你周边，

  伺候你一千回小心里一回的不检点，

 这真不是好玩的。然而他偏要

  嚼着苦汁营生，

  像一条吃巴豆的虫。

 他咬紧牙关和靡难苦斗，他还说，

  同时你又怕克服了它，

  来一阵失却对手的空虚。

这样生活的态度不够宝贵的吗？如果为保留这一点，而忽略了一首诗的外形的完善，谁又能说是不合算？克家的较坏的诗既具有这种不可衊视的实质，他的好诗，不用讲，更不是寻常的好诗所能比拟的了。

所谓有意义的诗，当前不是没有。但是，没有克家自身的"嚼着苦汁营生"的经验，和他对这种经验的了解，单嚷嚷着替别人的痛苦不平，或怂恿别人自己去不平，那至少往往像是一种"热气"，一种浪漫的姿势，一种英雄气概的表演，若更往坏处推测，便不免有伤厚道了。所以，克家的最有意义的诗，虽是《难民》，《老哥哥》，《炭鬼》，《神女》，《贩鱼郎》，《老马》，《当炉女》，《洋车夫》，《歇午工》，以至《不久有那么一天》和

《天火》等篇，但是若没有《烙印》和《生活》一类的作品作基础，前面那些诗的意义便单薄了，甚至虚伪了。人们对于一件事，往往有追问它的动机的习惯，（他们也实在有这权利，）对于诗，也是这样。当我们对于一首诗的动机（意识或潜意识的）发生疑问的时候，我很担心那首诗还有多少存在的可能性。读克家的诗，这种疑问永不会发生，为的是有《烙印》和《生活》一类的诗给我们担保了。我再从历史中举一个例。作"新乐府"的白居易，虽嚷嚷得很响，但究竟还是那位香山居士的闲情逸致的冗力（surplus energy）的一种舒泄，所以他的嚷嚷实际只等于猫儿哭耗子。孟郊并没有作过成套的"新乐府"，他如果哭，还是为他自身的穷愁而哭的次数多，然而他的态度，沉着而有锋棱，却最合于一个伟大的理想的条件。除了时代背景所产生的必然的差别不算，我拿孟郊来比克家，再适当不过了。

　　谈到孟郊，我于是想起所谓好诗的问题。（这一层是我要对另一种人讲的！）孟郊的诗，自从苏轼以来，是不曾被人真诚地认为上品好诗的。站在苏轼的立场上看孟郊，当然不顺眼。所以苏轼诋毁孟郊的诗。我并不怪他。我只怪他为什么不索性野蛮一点，硬派孟郊所作的不是诗，他自己的才是。因为这样，问题倒简单了。既然他们是站在对立而且不两立的地位，那么，苏轼可以拿他的标准抹杀孟郊，我们何尝不可以拿孟郊的标准否认苏轼呢？即令苏轼和苏轼的传统有优先权占用"诗"字，

好了，让苏轼去他的，带着他的诗去！我们不要诗了。我们只要生活，生活磨出来的力，像孟郊所给我们的。是"空螯"也好，是"蜇吻涩齿"或"如嚼木瓜，齿缺舌敝，不知味之所在"也好，我们还是要吃，因为那才可以磨炼我们的力。

哪怕是毒药，我们更该吃，只要它能增加我们的抵抗力。至于苏轼的丰姿，苏轼的天才，如果有人不明白那都是笑话，是罪孽，早晚他自然明白了。早晚诗也会

扪一下脸，来一个奇怪的变！

一千余年前孟郊已经给诗人们留下了预言。

克家如果跟着孟郊的指示走去，准没有错。纵然像孟郊似的，没有成群的人给叫好，那又有什么关系？反正诗人不靠市价做诗。克家千万不要忘记自己的责任。

民国二十二年七月闻一多谨识

《三盘鼓》序

诚之最近生过一次相当严重的病,在危险关头,他几乎失掉挣扎的勇气,事后据他说,是医生的药,也是我在他榻前一番鞭策性的谈话,帮他挽回了生机。经过这番折磨,这番锻炼,他的身体是照例的比病前更加健康了。就在这当儿,他准备已久的诗集快出版了,要我说几句话,我想起他生病的经过,便觉得这诗集的问世特别有意义。

从来中华民族生命的危殆,没有甚于今天的,多少人失掉挣扎的勇气也是事实,这正是需要药石和鞭策的时候。今天诚之这象征搏斗姿态的"仙人掌",这声言"For the worried many"的诗集(参看本书后记)的问世,是负起了一种使命的,而且我相信也必能完成它的使命,因为这里有药石,也有鞭策。

诗的女神良善得太久了,她的身世和"小花生米"或那

……靠着三盘鼓

到处摸索她们的生命线

的三个,没有两样,她又像那

怀私生子的孕妇,

孕育着

爱与恨的结晶,

交织着

爱恋和羞耻的心情,

她受尽了侮辱与欺骗,而自己却天天还在抱着"温柔敦厚"的教条,做贤妻良母的梦。这都是为了心肠太软的缘故。多数从事文艺的人们都是良善的,而做诗的朋友们心肠尤其软。这是他们的好处。但如果被利用了,做了某种人"软"化另一种人,以便加紧施行剥削的工具,那他们的好处便变成了罪恶。我在"温柔敦厚,诗之教也"这句古训里嗅到了几千年的血腥。诚之的诗有诗的好处,没有它的罪恶,因为我说过,这里有的是药石和鞭策,不过我希望他还要加强他的药石性的猛和鞭策性的力。

三十三年十一月,闻一多于昆明

(曾收入薛诚之《三盘鼓》,1944年11月,昆明,百合出版社)

《西南采风录》序

正在去年这时候,学校由长沙迁昆明,我们一部分人组织了一个湘黔滇旅行团,徒步西来,沿途分门别类收集了不少材料。其中歌谣一部分,共计二千多首,是刘君兆吉一个人独力采集的。他这种毅力实在令人惊佩。现在这些歌谣要出版行世了,刘君因我当时曾挂名为这部分工作的指导人,要我在书前说几句话。我惭愧对这部分材料在采集工作上,毫未尽力,但事后却对它发生了极大兴趣。 午以来,总想下番工夫把它好好整理一下,但因种种关系,终未实行。这回书将出版,答应刘君作序,本拟将个人对这材料的意见先详尽地写出来,作为整理工作的开端,结果又一再因事耽延,不能现实。这实在对不起刘君。然而我读过这些歌谣,曾发生一个极大的感想,在当前这时期,却不能不尽先提出请国人注意。

在都市街道上,一群群乡下人从你眼角滑过,你的印象是愚鲁,迟钝,畏缩,你万想不到他们每颗心里都自有一段骄傲,他们男人的憧憬是:

快刀不磨生黄锈,

胸膛不挺背腰驼。(安南)

女子所得意的是:

斯文滔滔讨人厌,

庄稼粗汉爱死人,

郎是庄稼老粗汉,

不是白脸假斯文。(贵阳)

他们何尝不要物质的享乐,但鼠窃狗偷的手段,却是他们所不齿的:

吃菜要吃白菜头,

跟哥要跟大贼头,

睡到半夜钢刀响,

妹穿绫罗哥穿绸。(盘县)

哪一个都市人,有这样气魄讲话或设想?

生要恋来死要恋,

不怕亲夫在眼前,

见官犹如见父母,

坐牢犹如坐花园。(盘县)

火烧东山大松林,

姑爷告上丈人门,

叫你姑娘快长大,

我们没有看家人。(宣威)

马摆高山高又高,

打把火钳插在腰,

那家姑娘不嫁我,

关起四门放火烧。

你说为上原始,是野蛮。对了,如今我们需要的正是它。我们文明得太久了,如今人家逼得我们没有路走,我们该拿出人性中最后最神圣的一张牌来,让我们那在人性的幽暗角落里蛰伏了数千年的兽性跳出来反噬他一口。打仗本不是一种文明姿态,当不起什么"正义感","自尊心","为国家争人格"一类的奉承。干脆的,是人家要我们的命,我们是豁出去了,是困兽犹斗。如今是千载一时的机会,给我们试验自己血中是否还有着那只狰狞的动物,如果没有,只好自认是个精神上"天阉"的民族,休想在这地面上混下去了。感谢上苍,在前方,姚子青,八百壮士,每个在大地上或天空中粉身碎骨了的男儿,在后方,几万万以"睡到半夜钢响"为乐的"庄稼老粗汉",已经保证了我们不是"天阉"!如果我们是一个乐观主义者,我的根据就只这一点。我们能战,我们渴望一战而以得到一战为至上的愉快。至于胜利,那是多么泄气的事,胜利到了手,不是搏斗的愉快也得终止,"快刀"又得"生黄锈"了吗?还好,还好,四千年的文化,没有把我们都变成"白脸斯文人"!

民国二十八年三月五日闻一多序

(曾收入《西南采风录》,1946年12月,上海,商务印书馆)

时代的鼓手——读田间的诗

鼓——这种韵律的乐器，是一切乐器的祖宗，也是一切乐器中之王。音乐不能离韵律而存在，它便也不能离鼓的作用而存在。鼓象征了音乐的生命。

提起鼓，我们便想到了一串形容词：整肃，庄严，雄壮，刚毅和粗暴，争躁，阴郁，深沉……鼓是男性的，原始男性的，它蕴藏着整个原始男性的神秘。它是阳原始的乐器，也是最原始的生命情调的喘息。

如其鼓的声律是音乐的生命，鼓的情绪便是生命的音乐。音乐不能离鼓的声律而存在，生命也不能离鼓的情绪而存在。

诗与乐一向是平行发展着的。正如从敲击乐器到管弦乐器是韵律的音乐发展到旋律的音乐，从三四言到五七言也是韵律的诗发展到旋律的诗。音乐也好，诗也好，就声律说，这是进

步。可痛惜的是,声律进步的代价是情绪的萎顿。在诗里,一如在音乐里,从此以后以管弦的情绪代替了鼓的情绪,结果都是"靡靡之音"。这感觉的愈趋细致,乃是感情愈趋脆弱的表征,而脆弱的感情不也就是生命疲困,甚或衰竭的朕兆吗?二千来年古旧的历史,说来太冗长。单说新诗的历史,打头不是没有一阵朴质而健康的鼓的声律与情绪,接着依然是"靡靡之音"的传统,在舶来品商标的伪装之下,支配了不少的年月。疲困与衰竭的半音,似乎比历史上任何时期都变本加厉了地风行着。那是宿命,是历史发展的必然阶段吗?也许。但谁又叫新生与震奋的时代来得那样突然!箫声,琴声(甚至是无弦琴)自然配合不上流血与流汗的工作。于是忙乱中,新派,旧派,人人都设法拖出一面鼓来,你可以想象一片潮湿而发霉的声响,在那壮烈的场面中,显得如何的滑稽!它给你的印象仍然是疲困与衰竭。它不是激励,而是揶揄,侮蔑这战争。

于是,忽然碰到这样的声响,你便不免吃一惊:

"多一颗粮食,

就多一颗消灭敌人的枪弹!"

听到吗

这是好话哩!

听到吗

我们

要赶快鼓励自己的心

到地里去!

要地里

长出麦子;

要地里

长出小米;

拿这东西

当作持久战的武器。

(多一些!

多一些!)

多点粮食,

就多点胜利。

——田间:《多一些》

这里没有"弦外之音",没有"绕梁三日"的余韵,没有半音,没有玩任何"花头",只是一句句朴质,干脆,真诚的话,(多么有斤两的话!)简短而坚实的句子,就是声声的"鼓点",单调,但是响亮而沉重,打入你耳中,打在你心上。你说这不是诗,因为你的耳朵太熟悉于"弦外之音"……那一套,你的耳朵太细了。

你看,——

他们的

仇恨的力,
他们的
仇恨的血,
他们的
仇恨的歌,
握在手里。
握在手里,
要洒出来……
几十个,
很响地
——在一块;
几十个
达达地,
——在一块;
回旋……
狂蹈……

耸起的

筋骨

凸出的

皮肉,

挑负着

——种族的

疯狂

种族的

咆哮!……

——田间:《人民的舞》

这里便不只鼓的声律,还有鼓的情绪。这是鞍之战中晋解张用他那流着鲜血的手,抢过主帅手中的槌来擂出的鼓声,是祢衡那喷着怒火的"渔阳掺挝",甚至是,如诗人 Robert Lindsey 在《刚果》中,剧作家 Eugene O'Neil 在《琼斯皇帝》中所描写的,那非洲土人的原始的鼓,疯狂,野蛮,爆炸着生命的热与力。

这些都不算成功的诗,(据一位懂诗的朋友说,作者还有较成功的诗,可惜我没见过。)但它所成就的那点,却是诗的先决条件——那便是生活欲,积极的,绝对的生活欲。它摆脱了一切诗艺的传统手法,不排解,也不粉饰,不抚慰,也不麻醉,它不是那捧着你在幻想中上升的迷魂的音乐。它只是一片沉着

的鼓声,鼓舞你爱,鼓动你恨,鼓励你活着,用最高限度的热与力活着,在这大地上。

当这民族历史行程的大拐弯中,我们得一鼓作气来渡过危机,完成大业。这是一个需要鼓手的时代,让我们期待着更多的"时代的鼓手"出现。至于琴师,乃是第二步的需要,而且目前我们有得是绝妙的琴师。

(原载1943年11月《生活导报周年纪念文集》)

第四辑
红　烛

红烛啊!

你流一滴泪,灰一分心。

灰心流泪你的果,

创造光明你的因。

红烛啊!

"莫问收获,但问耕耘。"

红烛

"蜡炬成灰泪始干"

——李商隐

红烛啊!

这样红的烛!

诗人啊!

吐出你的心来比比,

可是一般颜色?

红烛啊!

是谁制的蜡——给你躯体?

是谁点的火——点着灵魂?

为何更须烧蜡成灰,

然后才放光出?

一误再误;

矛盾!冲突!

红烛啊!

不误,不误!

原是要"烧"出你的光来——

这正是自然的方法。

红烛啊!

既制了,便烧着!

烧罢!烧罢!

烧破世人的梦,

烧沸世人的血——

也救出他们的灵魂,

也捣破他们的监狱!

红烛啊!

你心火发光之期,

正是泪流开始之日。

红烛啊!

匠人造了你,

原是为烧的。

既已烧着,

又何苦伤心流泪?

哦!我知道了!

是残风来侵你的光芒,

你烧得不稳时,

才着急得流泪!

红烛啊!

流罢!你怎能不流呢?

请将你的脂膏,

不息地流向人间,

培出慰藉的花儿,

结成快乐的果子!

红烛啊!

你流一滴泪,灰一分心。

灰心流泪你的果,

创造光明你的因。

红烛啊!

"莫问收获,但问耕耘。"

(曾收入《红烛》,1923年9月,上海泰东图书局)

西岸

He has a lusty spring, when fancy clear
Takes in all beauty within an easy span.

——Keats

这里是一道河,一道大河,
宽无边,深无底;
四季里风姨巡遍世界,
便回到河上来休息;
满天糊着无涯的苦雾,
压着满河无期的死睡。
河岸下酣睡着,河岸上
反起了不断的波澜,

啊!卷走了多少的痛苦!

淘尽了多少的欣欢!

多少心被羞愧才鞭驯,

一转眼被虚荣又煽癫!

鞭下去,煽起来,

又莫非是金钱的买卖。

黑夜哄着聋瞎的人马,

前潮刷走,后潮又挟回。

没有真,没有美,没有善,

更哪里去找光明来!

但不怕那大泽里,

风波怎样凶,水兽怎样猛,

总难惊破那浅水芦花里

那些山草的幽梦,——

一样的,有个人也逃脱了

河岸上那纷纠的樊笼。

他见了这宽深的大河,

便私心唤醒了些疑义:

分明是一道河,有东岸,

岂有没个西岸的道理?

啊！这东岸的黑暗恰是那
西岸的光明的影子。

但是满河无期的死睡，
撑着满天无涯的雾幕；
西岸也许有，但是谁看见？
哎……这话也不错。
"恶雾遮不住我，"心讲道，
"见不着，那是目的过！"
有时他忽见浓雾变得
绯样薄，在风翅上荡漾；
雾缝里又筛出些
丝丝的金光洒在河身上。
看那里！可不是个大鼋背？
毛发又长得那样长。

不是的！倒是一座小岛，
戴着一头的花草：
看！灿烂的鱼龙都出来
晒甲胄，理须桡；
鸳鸯洗刷完了，喙子

插在翅膀里,百鳞退了——
满河一片凄凉;
太阳也没兴,卷起了金练,
让雾帘重往下放:
恶雾瞪着死水,一切的
于是又同从前一样。

"啊!我懂了,我何曾见着
那美人的容仪?
但猜着蠕动的绣裳下,
定有副美人的肢艳。
同一理:见着的是小岛,
猜着的是岸西。"

"一道河中一座岛,河西
一盏灯光被岛遮断了。"
这语声到处,是有些人
鹦歌样,听熟了,也会叫;
但是那多数的人
不笑他发狂,便骂他造谣。

也有人相信他，但还讲道：

"西岸地岂是为东岸人？

若不然，为什么要划开

一道河，这样宽又这样深？"

有人讲："河太宽，雾正密。

找条陆道过去多么稳！"

还有人明晓得道儿

只这一条，单恨生来错——

难学那些鸟儿飞着渡，

难学那些鱼儿划着过，

却总都怕说得："搭个桥，

穿过岛，走着过！"为什么？

（原载1920年9月24日《清华周刊》第191期）

时间的教训

太阳射上床,惊走了梦魂。

昨日的烦恼去了,今日的还没来呢。

啊!这样肥饱的鹑声,

稻林里撞挤出来——

来到我心房酿蜜,

还同我的,万物的蜜心,

融合作一团快乐——

生命的唯一真义。

此刻时间望我尽笑,

我便合掌向他祈祷:"赐我无尽期!"

可怕!那笑还是冷笑;

哪里?他把眉尖锁起,居然生了气。

"地得!地得!"听那壁上的钟声,
果同快马狂蹄一般地奔腾。
那骑者还仿佛吼着:
"尽可多多创造快乐去填满时间;
哪可活活缚着时间来陪着快乐?"

(原载 1920 年 10 月 8 日《清华周刊》第 193 期)

黄昏

太阳辛苦了一天,
赚得一个平安的黄昏,
喜得满面通红,
一气直往山洼里狂奔。

黑暗好比无声的雨丝,
慢慢往世界上飘洒……
贪睡的合欢叠拢了绿鬓,钩下了柔颈,
路灯也一齐偷了残霞,换了金花;
单剩那喷水池
不怕惊破别家的酣梦,
依然活泼泼地高呼狂笑,独自玩耍。

饭后散步的人们,

好像刚吃饱了蜜的蜂儿一窠,

三三五五地都往

马路上头,板桥栏畔飞着。

嗡……嗡……嗡……听听唱的什么——

是花色的美丑?

是蜜味的厚薄?

是女王的专制?

是东风的残虐?

啊!神秘的黄昏啊!

问你这首玄妙的歌儿,

这辈嚣喧的众生

谁个唱的是你的真义?

　　　　　(原载1920年10月22日《清华周刊》第195期)

红烛

印象

一望无涯的绿茸茸的——
是青苔？是蔓草？是禾稼？是病眼发花？——
只在火车窗口像走马灯样旋着。
仿佛死在痛苦的海里泅泳——
他的披毛散发的脑袋
在喑哑无声的绿波上漂着——
是簇簇的杨树林钻出禾面。

绿杨遮着作工的——神圣的工作！
红的赤膊摇着枯涩的辘轳，
向地母哀求世界的一线命脉。
白杨守着休息的——无上的代价！——

孤零零的一座秃头的黄土堆,

拥着一个安闲,快乐,了无知识的灵魂,

长眠,美睡,禁止百梦的纷扰。

啊!神圣的工作!无上的代价!

(原载 1920 年 10 月 22 日《清华周刊》第 195 期)

美与爱

窗子里吐出娇嫩的灯光——
两行鹅黄染的方块镶在墙上;
一双枣树的影子,像堆大蛇,
横七竖八地睡满了墙下。

啊!那颗大星儿!嫦娥的侣伴!
你无端绊住了我的视线;
我的心鸟立刻停了他的春歌,
因他听了你那无声的天乐。

听着,他竟不觉忘却了自己,
一心只要飞出去找你,

把监牢的铁槛也撞断了；
但是你忽然飞得不见了！

屋角的凄风悠悠叹了一声，
惊醒了懒蛇滚了几滚；
月色白得可怕，许是恼了？
张着大嘴的窗子又像笑了！

可怜的鸟儿，他如今回了，
嗓子哑子，眼睛瞎了，心也灰了；
两翅洒着滴滴的鲜血，——
是爱的代价，美的罪孽！

(原载 1921 年 3 月 11 日《清华周刊》第 211 期)

风波

我戏将沉檀焚起来祀你,
哪知他会烧得这样狂!
他虽散满一世界的异香,
但是你的香吻没有抹尽的。
那些渣滓,却化作了云雾
满天,把我的两眼睛障瞎了;
我看不见你,便放声大哭,
像小孩寻不见他的妈了。
立刻你在我耳旁低声地讲:
(但你的心也雷样地震荡)
"在这里,大惊小怪地闹些什么?
一个好教训哦!"说完了笑着。
爱人!这戏禁不得多演;
让你的笑焰把我的泪晒干!

(原载 1921 年 5 月 20 日《清华周刊》第 220 期)

幻中之邂逅

太阳落了,责任闭了眼睛,
屋里朦胧的黑暗凄酸的寂静,
钩动了一种若有若无的感情,
——快乐和悲哀之间的黄昏。

仿佛一簇白云,蒙蒙漠漠,
拥着一只素氅朱冠的仙鹤——
在方才淌进的月光里浸着,
那娉婷的模样就是她么?

我们都还没吐出一丝儿声响;
我刚才无心地碰着他的衣裳,

许多的秘密,便同奔川一样,

从这摩触中不歇地冲洄来往。

忽地里我想要问他到底是谁,

抬起头来……月在哪里?人在哪里?

从此狰狞的黑暗,咆哮的静寂,

便扰得我辗转空床,通夜无睡。

(原载1921年9月15日《清华周刊》第223期)

志愿

马路上歌啸的人群

泛滥横流着,

好比一个不羁的青年的意志。

银箔似的溪面一意地

要板平他那难看的皱纹。

两岸的绿杨急着

迎接视线到了神秘的尽头?——

原来那里是尽头?

是视线的长度不够!

啊!主呀,我过了那道桥以后,

你将怎样叫我消遣呢?

主啊!愿这腔珊瑚似的鲜血

染得成一朵无名的野花,

这阵热气又化些幽香给他,

好钻进些路人的心里烘着罢!

只要这样,切莫又赏给我

这一副腥秽的躯壳!

主呀!你许我吗?许了我罢!

(原载 1921 年 10 月 1 日《清华周刊》第 224 期)

深夜的泪

生波停了掀簸；
深夜啊！——
沉默的寒潭！
澈虚的古镜！

行人啊！
回转头来，
照照你的颜容罢！
啊！这般憔悴……

轻柔的泪，
温热的泪，

洗得净这仆仆的征尘?
无端地一滴滴流到唇边,
想是要你尝尝他的滋味;
这便是生活的滋味!

枕儿啊!
紧紧地贴着!
请你也尝尝他的滋味。
唉!若不是你,
这腐烂的骷髅,
往哪里靠啊!

更鼓啊!
一声声这般急切;
便是生活的战鼓罢?
唉!擂断了心弦,
搅乱了生波……

战也是死,
逃也是死,
降了我不甘心。

生活啊!

你可有个究竟?

啊!宇宙的生命之酒,

都将酌进上帝的金樽。

不幸的浮沤!

怎地偏酌漏了你呢?

(原载1922年4月4日《清华周刊·双四节诗刊》)

贡臣

我的王！我从远方来朝你，
带了满船你不认识的，
但是你必中意的贡礼。
我兴高采烈地航到这里来，
哪里知道你的心……唉！
还是一个涸了的海港！
我悄悄地等着你的爱潮膨涨，
好浮进我的重载的船艘；
月儿圆了几周，花儿红了几度，
还是老等，等不来你的潮头！
我的王！他们讲潮汐有信，
如今叫我怎样相信他呢？

(原载1922年4月4日《清华周刊·双四节特刊》)

春之首章

浴人灵魂的雨过了：
薄泥到处啮人的鞋底。
凉飔挟着湿润的土气
在鼻蕊间正冲突着。
金鱼儿今天许不大怕冷了？
个个都敢于浮上来呢！
东风苦劝执拗的蒲根，
将才睡醒的芽儿放了出来。
春雨过了，芽儿抽到寸长，
又被池水偷着吞去了。
亭子角上几根瘦硬的，
还没赶上春的榆枝，

印在鱼鳞似的天上；

像一页淡蓝的朵云笺，

上面涂了些僧怀素的

铁画银钩的草书。

丁香枝上豆大的蓓蕾，

包满了包不住的生意，

呆呆地望着辽阔的天宇，

盘算他明日的荣华——

仿佛一个出神的诗人

在空中编织未成的诗句。

春啊！明显的秘密哟！

神圣的魔术哟！

啊！我忘了我自己，春啊！

我要提起我全身的力气，

在你那绝妙的文章上

加进这丑笨的一句哟！

（原载 1922 年 5 月 12 日《清华周刊》第 247 斯）

春之末章

被风惹恼了的粉蝶,
试了好几处的枝头,
总抱不大稳,率性就舍开,
忽地不知飞向哪里去了。
啊!大哲的梦身啊!
了无粘滞的达观者哟!

太轻狂了哦!杨花!
依然吩咐两丝粘住罢。
娇绿的坦张的荷钱啊!
不息地仰面朝上帝望着,
一心地默祷并且赞美他——
只要这样,总是这样,
开花结实的日子便快了。

一气的酣绿里忽露出
一角汉纹式的小红桥,
真红得快叫出来了!
小孩儿们也太好玩了啊!
镇日里蓝的白的衫子
骑满竹青石栏上垂钓。
他们的笑声有时竟脆得像
坍碎了一座琉璃宝塔一般。
小孩们总是这样好玩呢!

绿纱窗里筛出的琴声,
又是画家脑子里经营着的
一帧美人春睡图:
细熨的柔情,娇羞的倦致,
这般如此,忽即忽离,
啊!迷魂的律吕啊!

音乐家啊!垂钓的小孩啊!
我读完这春之宝笈的末章,
就交给你们永远管领着罢!

(原载 1922 年 5 月 12 日《清华周刊》第 247 斯)

太阳吟

太阳啊,刺得我心痛的太阳!
又逼走了游子的一出还乡梦,
又加他十二个时辰的九曲回肠!

太阳啊,火一样烧着的太阳!
烘干了小草尖头的露水,
可烘得干游子的冷泪盈眶?

太阳啊,六龙骖驾的太阳!
省得我受这一天天的缓刑,
就把五年当一天跑完那又何妨?

太阳啊——神速的金乌——太阳!
让我骑着你每日绕行地球一周,
也便能天天望见一次家乡!

太阳啊,楼角新升的太阳!
不是刚从我们东方来的吗?
我的家乡此刻可都依然无恙?

太阳啊,我家乡来的太阳!
北京城里的官柳裹上一身秋了罢?
唉!我也憔悴得同深秋一样!

太阳啊,奔波不息的太阳!
你也好像无家可归似的呢。
啊!你我的身世一样的不堪设想!

太阳啊,自强不息的太阳!
大宇宙许就是你的家乡罢。
可能指示我我的家乡的方向?

太阳啊,这不像我的山川,太阳!

这里的风云另带一般颜色，
这里鸟儿唱的调子格外凄凉。

太阳啊，生活之火的太阳！
但是谁不知你是球东半的情热，
同时又是球西半的智光？

太阳啊，也是我家乡的太阳！
此刻我回不了我往日的家乡，
便认你为家乡也还得失相偿。

太阳，慈光普照的太阳！
往后我看见你时，就当回家一次；
我的家乡不在地下乃在天上！

（原载 1922 年 11 月 25 日《清华周刊》第 260 期）

死

啊!我的灵魂的灵魂!
我的生命的生命,
我一生的失败,一生的亏欠,
如今要都在你身上补足追偿,
但是我有什么
可以求于你的呢?

让我淹死在你眼睛的汪波里!
让我烧死在你心房的熔炉里!
让我醉死在你音乐的琼醪里!
让我闷死在你呼吸的馥郁里!
不然,就让你的尊严羞死我!

让你的酷冷冻死我！

让你那无情的牙齿咬死我！

让那寡恩的毒剑螫死我！

你若赏给我快乐，

我就快乐死了；

你若赐给我痛苦，

我也痛苦死了；

死是我对你唯一的要求，

死是我对你无上的贡献。

（原载1922年4月《清华周刊·双四节特刊》）

寄怀实秋

泪绳捆住的红烛,
已被海风吹熄了;
跟着有一缕犹疑的轻烟,
左顾右盼,
不知往哪里去好。
啊!解体的灵魂哟!
失路的悲哀哟!

在黑暗的严城里,
恐怖方施行他的高压政策:
诗人的尸肉在那里仓皇着,
仿佛一只丧家之犬呢。

莲蕊间酣睡着的恋人啊!
不要灭了你的纱灯:
几时珠箔银绦飘着过来,
可要借给我点燃我的残烛,
好在这阴城里面,
为我照出一条道路。

烛又点燃了,
那时我便作个自然的流萤,
在深更的风露里,
还可以逍遥流荡着,
直到黎明!

莲蕊间酣睡着的骚人啊!
小心那成群打围的飞蛾,
不要灭了你的纱灯哦!

(原载 1922 年 11 月《清华周刊》第 260 期)

玄思

在黄昏的沉默里,
从我这荒凉的脑子里,
常迸出些古怪的思想,
不伦不类的思想;

仿佛从一座古寺前的
尘封雨渍的钟楼里,
飞出一阵猜怯的蝙蝠,
非禽非兽的小怪物。

同野心的蝙蝠一样,
我的思想不肯只爬在地上,

却老在天空里兜圈子,

圆的,扁的,种种的圈子。

我这荒凉的脑子

在黄昏的沉默里,

常迸出些古怪的思想,

仿佛同些蝙蝠一样。

　　　　　　（原载1922年12月《清华周刊》第264期）

我是一个流囚

我是个年壮力强的流囚,
我不知道我犯的是什么罪。

黄昏时候,
他们把我推出门外了,
幸福的朱扉已向我关上了,
金甲紫面的门神
举起宝剑来逐我;
我只得闯进缜密的黑暗,
犁着我的道路往前走。

忽地一座壮阁的飞檐,

像只大鹏的翅子

插在浮沤密布的天海上：

卍字格的窗棂里

泻出醺人的灯光，黄酒一般地酽；

哀宕淫热的笙歌，

被激愤的檀板催窘了，

螺旋似地锤进我的心房：

我的身子不觉轻去一半，

仿佛在那孔雀屏前跳舞了。

啊快乐——严懔的快乐——

抽出他的讥诮的银刀，

把我刺醒了；

哎呀！我才知道——

我是快乐的罪人，

幸福之宫里逐出的流囚，

怎能在这里随便打溷呢？

走罢！再走上那没尽头的黑道罢！

唉！但是我受伤太厉害；

我的步子渐渐迟重了；

我的鲜红的生命,

渐渐染了脚下的枯草!

我是个年壮力强的流囚,

我不知道我犯的是什么罪。

(原载1923年2月《清华周刊》第269期)

李白之死

世俗流传太白以捉月骑鲸而终,本属荒诞。此诗所述亦凭臆造,无非欲藉以描画诗人的人格罢了。读者不要当作历史看就对了。

"我本楚狂人,
凤歌笑孔丘。"

——李白

一对龙烛已烧得只剩下光杆两枝,
却又借回已流出的浓泪的馀脂,
牵延着欲却不断的弥留的残火,
在夜的喘息里无效地抖擞振作。

杯盘狼藉在案上，酒坛睡倒在地下，
醉客散了，如同散阵投巢的乌鸦；
只那醉得最狠，醉得如泥的李青莲
（全身的骨架如同脱了榫的一般）
还歪倒倒地在花园的椅上堆着，
口里喃喃地，不知到底说些什么。
声音听不见了，嘴唇还喋着不止；
忽地那络着密密红丝网的眼珠子，
（他自身也便像一个微小的醉汉）
对着那怯懦的烛焰瞪了半天：
仿佛一只饿狮，发见了一个小兽，
一声不响，两眼睁睁地望他尽瞅；
然后轻轻地缓缓地举起前脚，
便迅雷不及掩耳，忽地往前扑着——
像这样，桌上两对角摆着的烛架，
都被这个醉汉拉倒在地下。

"哼哼！就是你，你这可恶的作怪，"
他从咬紧的齿缝里泌出声音来！
"碍着我的月儿不能露面哪！
月儿啊！你如今应该出来了罢！

哈哈！我已经替你除了障碍，
骄傲的月儿，你怎么还不出来？
你是瞧不起我吗？啊，不错！
你是天上广寒宫里的仙娥，
我呢？不过那戏弄黄土的女娲
散到六合里来的一颗尘沙！
啊！不是！谁不知我是太白之精！
我母亲没有在梦里会过长庚？
月儿，我们星月原是同族的，
我说我们本来是很面熟的呢！"
在说话时，他没留心那黑树梢头
渐渐有一层薄光将天幕烘透，
几朵铅灰云彩一层层都被烘黄，
忽地有一个琥珀盘轻轻浮上，
（却又像没动似的）他越浮得高，
越缩越小；颜色越褪淡了，直到
后来，竟变成银子样的白的亮——
于是全世界都浴着伊的晶光。
簇簇的花影也次第分明起来，
悄悄爬到人脚下偎着，总躲不开——
像个小狮子狗儿睡醒了摇摇耳朵，

又移到主人身边懒洋洋地睡着。
诗人自身的影子,细长得可怕的一条,
竟拖到五步外的栏杆上坐起来了。
从叶缝里筛过来的银光跳荡,
啃着环子的兽面蠢似一朵缩菌,
也鼓着嘴儿笑了,但总笑不出声音。
桌上一切的器皿,接受复又反射
那闪灼的光芒,又好像日上的盔甲。

这段时间中,他通身的知觉都已死去,
那被酒催迫了的呼吸几乎也要停驻;
两眼只是对着碧空悬着的玉盘,
对着他尽看,看了又看,总看不倦。
"啊!美呀!"他叹道,"清寥的美!莹澈的美!
宇宙为你而存吗?你为宇宙而在?
哎呀!怎么总是可望而不可即!
月儿呀月儿!难道我不应该爱你?
难道我们永远便是这样隔着?
月儿,你又总爱涎着脸皮跟着我;
等我被你媚狂了,要拿你下来,
却总攀你不到。唉!这样狠又这样乖!

月啊!你怎同天帝一样的残忍!

我要白日照我这至诚的丹心,

狰狞的怒雷又砰訇地吼我;

我在落雁峰前几次朝拜帝座,

额撞裂了,嗓叫破了,闾阖还不开。

吾爱啊!帝旁擎着雉扇的吾爱!

你可能问帝,我究犯了哪条天律?

把我谪了下来,还不召我回去?

帝啊!帝啊!我这罪过将永不能赎?

帝呀!我将无期地囚在这痛苦之窟?"

又圆又大的热泪滚向膨胀的胸前,

却有水银一般的沉重与灿烂;

又像是刚同黑云碰碎了的明月

溅下来点点的残屑,炫目的残屑。

"帝呀!既遣我来,就莫生他们!"他又讲,

"他们,那般妖媚的狐狸,猜狠的豺狼!

我无心作我的诗,谁想着骂人呢?

他们小人总要忍心地吹毛求疵,

说那是讥诮伊的。哈哈!这真是笑话!

他是个什么人？他是个将军吗？
将军不见得就不该替我脱靴子。
唉！但是我为什么要作那样好的诗？
这岂不自作的孽，自招的罪？……
哪里？我哪里配得上谈诗？不配，不配；
谢玄晖才是千古的大诗人呢！——
那吟'馀霞散成绮，澄江净如练'的
谢将军，诗既作得那么好——真好！
但是哪里像我这样的坎坷潦倒？"
然后，撑起胸膛，他长长地叹了一声。
只自身的影子点点头，再没别的同情？
这叹声，便似平远的沙汀上一声鸟语，
叫不应回音，只悠悠地独自沉没，
终于无可奈何，被宽嘴的寂静吞了。

"啊'澄江净如练'，这种妙处谁能解道？
记得那回东巡浮江的一个春天——
两岸旌旗引着腾龙飞虎回绕碧山——
果然如是，果然是白练满江……
唔？又讲起他的事了？冤枉啊！冤枉！
夜郎有的是酒，有的是月，我岂怨嫌？

但不记得那天夜半,我被捉上楼船!
我企望谈谈笑笑,学着仲连安石们,
替他们解决这些纷纠,扫却了胡尘。
哈哈!谁又知道他竟起了野心呢?
哦,我竟被人卖了!但一半也怪我自身!"

这样他便将那成灰的心渐渐扇着,
到底又得痛饮一顿,浇熄了愁的火,
谁知道这愁竟像田单的火牛一般:
热油淋着,狂风煽着,越奔火越燃,
毕竟虽烧焦了骨肉,牺牲了生命,
那束刃的彩帛却焕成五色的龙文;
如同这样,李白那煎心烙肺的愁焰,
也便烧得他那幻象的轮子急转,
转出了满牙齿上攒着的"丽藻春葩"。
于是他又讲,"月儿!若不是你和他,"
手指着酒壶,"若不是你们的爱护,
我这生活可不还要百倍的痛苦?
啊!可爱的酒!自然赐给伊的骄子——
诗人的恩俸!啊,神奇的射愁的弓矢!
开启琼宫的管钥!琼宫开了:

那里有鸣泉漱石,玲鳞怪羽,仙花逸条;
又有琼瑶的轩馆同金碧的台榭;
还有吹不满旗的灵风推着云车,
满载霓裳缥缈,彩佩玲珑的仙娥,
给人们颂送着驰魂宕魄的天乐。
啊!是一个绮丽的蓬莱底世界;
被一层银色的梦轻轻地锁着在!

"啊!月呀!可望而不可即的明月!
当我看你看得正出神的时节,
我只觉得你那不可思议的美艳,
已经把我全身溶化成水质一团,
然后你那提挈海潮的全副的神力,
把我也吸起,浮向开遍水钻花的
碧玉的草场上;这时我肩上忽展开
一双翅膀,越张越大,在空中徘徊,
如同一只大鹏浮游于八极之表。
哦,月儿,我这时不敢正眼看你了!
你那太强烈的光芒刺得我心痛。……
忽地一阵清香揽着我的鼻孔,
我吃了一个寒噤,猛开眼一看,……

哎呀！怎地这样一副美貌的容颜！
丑陋的尘世！你哪有过这样的副本？
啊！布置得这样调和，又这般端正，
竟同一阕鸾凰和鸣的乐章一般！
哦，我如何能信任我的这双肉眼？
我不相信宇宙间竟有这样的美！
啊，大胆的我哟，还不自惭形秽，
竟敢现于伊前！——啊！笨愚呀糊涂！——
这时我只觉得头昏眼花，血疑心冱；
我觉得我是污烂的石头一块，
被上界的清道夫抛掷下来，
掷到一个无垠的黑暗的虚空里，
坠降，坠降，永无着落，永无休止！"

月儿初还在池下丝丝柳影后窥看，
像沐罢的美人在玻璃窗口晾发一般；
于今却已姗姗移步出来，来到了池西；
夜飔的私语不知说破了什么消息，
池波一皱，又惹动了伊娴静的微笑。
沉醉的诗人忽又战巍巍地站起了，
东倒西歪地挨到池边望着那晶波。

他看见这月儿,他不觉惊讶地想着:

如何这里又有一个伊呢?奇怪!奇怪!

难道天有两个月,我有两个爱?

难道刚才伊送我下来时失了脚,

掉在这池里了吗?——这样他正疑着……

他脚底下正当活泼的小涧注入池中,

被一丛刚劲的菖蒲鲠塞了喉咙,

便咯咯地咽着,像喘不出气的呕吐。

他听着吃了一惊,不由得放声大哭:

"哎呀!爱人啊!淹死了,已经叫不出声了!"

他翻身跳下池去了,便向伊一抱,

伊已不见了,他更惊慌地叫着,

却不知道自己也叫不出声了!

他挣扎着向上猛踊,再昂头一望,

又见圆圆的月儿还平安地贴在天上。

他的力已尽了,气已竭了,他要笑,

笑不出了,只想道:"我已救伊上天了!"

(曾收入《红烛》,1923年9月上海泰东图书局初版)

红豆(四十二首)

一

红豆似的相思啊！

一粒粒的

坠进生命的磁坛里了……

听他跳激的音声，

这般凄楚！

这般清切！

二

相思着了火，

有泪雨洒着，

还烧得好一点，

最难禁的，

是突如其来，

赶不及哭的干相思。

三

意识在时间的路上旅行:

每逢插起一杆红旗之处,

那便是——

相思设下的关卡,

挡住行人,

勒索路捐的。

四

袅袅的篆烟啊!

是古丽的文章,

淡写相思的诗句。

五

比方有一屑月光,

偷来匍匐在你枕上,

刺着你的倦眼,

撩得你整夜不睡,

你讨厌他不?

那么这样便是相思了!

六

相思是不作声的蚊子,

偷偷地咬了一口,

陡然痛了一下,

以后便是一阵的奇痒。

七

我的心是个没设防的空城,

半夜里忽被相思袭击了,

我的心旌

只是一片倒降;

我只盼望——

他恣情屠烧一回就去了;

谁知他竟永远占据着,

建设起宫墙来了呢?

八

有两样东西,

我总想撇开,

却又总舍不得:

我的生命,

同为了爱人儿的相思。

九

爱人啊!

将我作经线,

你作纬线

命运织就了我们的婚姻之锦;

但是一帧回文锦哦!

横看是相思,

直看是相思,

顺看是相思,

倒看是相思,

斜看正看都是相思,

怎样看也看不出团圞二字。

十

我俩是一体了!

我们的结合,

至少也和地球一般圆满。

但你是东半球,

我是西半球,

我们又自己放着眼泪,

做成了这苍莽的太平洋,

隔断了我们自己。

十一

相思枕上的长夜,

怎样的厌厌难尽啊!

但这才是岁岁年年中之一夜,

大海里的一个波涛。

爱人啊!

叫我又怎样泅过这时间之海?

十二

我们有一天

相见接吻时,

若是我没小心,

掉出一滴苦泪,

渍痛了你的粉颊,

你可不要惊讶!

那里有多少年的

生了锈的情热的成分啊!

十三

我到底是个男子!

我们将来见面时,

我能对你哭完了,

马上又对你笑。
你却不必如此；
你可以仰面望着我，
像一朵湿蔷薇，
在霁后的斜阳里，
慢慢儿晒干的眼泪。

十四

我把这些诗寄给你了，
这些字你若不全认识，
那也不要紧。
你可以用手指
轻轻摩着他们，
像医生按着病人的脉，
你许可以试出
他们紧张地跳着，
同你心跳的节奏一般。

十五

古怪的爱人儿啊！
我梦时看见的你
是背面的。

十六

在雪黯风骄的严冬里,

忽然出了一颗红日;

在心灰意冷的情绪里,

忽然起一阵相思——

这都是我没料定的。

十七

讨诗债的债主,

果然回来了!

我先不妨

倾了我的家资还着。

到底实在还不清了,

再剜出我的心头肉,

同心一起付给他罢。

十八

我昼夜唱着相思的歌儿。

他们说我唱得形容憔悴了,

我将浪费了我的生命。

相思啊!

我颂了你吗?

我是吐尽明丝的蚕儿,

死是我的休息;

我诅了你吗?

我是吐出毒剑的蜂儿,

死是我的刑罚。

十九

我是只惊弓的断雁,

我的嘴要叫着你,

又要衔着芦苇,

保障着我的生命。

我真狼狈哟!

二〇

扑不灭的相思,

莫非是生命原上的野烧?

株株小草的绿意,

都要被他烧焦了啊!

二一

深夜若是一口池塘,
这飘在他的黛漪上的
淡白的小菱花儿,
便是相思的花儿了,
哦!他结成青的,血青的,
有尖角的果子了!

二二

我们的春又回来了,
我搜尽我的诗句,
忙写着红纸的宜春帖,
我也不妨就便写张
"百无禁忌"。
从此我若失错触了忌讳,
我们都不必介意罢!

二三

我们是两片浮萍:
从我们聚散的速率,
同距离的远度,

可以看出风儿的缓急,

浪儿的大小。

二四

我们是鞭丝抽拢的伙伴,

我们是鞭丝抽散的离侣。

万能的鞭丝啊!

叫我们赞颂吗?

还是诅咒呢?

二五

我们弱者是鱼肉;

我们曾被求福者

重看了盛在笾豆里,

供在礼教的龛前。

我们多么荣耀啊!

二六

你明白了吗?

我们是照着客们喜酒的

一对红蜡烛;

我们站在桌子的

两斜对角上,

悄悄地烧着我们的生命,

给他们凑热闹。

他们吃完了,

我们的生命也烧尽了。

二七

若是我的话

讲得太多,

讲到末尾,

便胡讲一阵了,

请你只当我灶上的烟囱。

口里虽勃勃地吐着黑灰,

心里依旧是红热的。

二八

这算他圆满的三绝罢!——

莲子,

泪珠儿,

我们的婚姻。

二九

这一滴红泪:

不是别后的清愁,

却是聚前的炎痛。

三〇

他们削破了我的皮肉,

冒着险将伊的枝儿

强蛮地插在我的茎上。

如今我虽带着瘿肿的疤痕,

却开出从来没开过的花儿了。

他们是怎样狠心的聪明啊!

但每回我瞟出看花的人们

上下抛着眼珠儿,

打量着我的茎儿时,

我的脸就红了!

三一

哦,脑子啊!

刻着虫书鸟篆的

一块妖魔的石头，

是我的佩刀的砺石，

也是我爱河里的礁石，

爱人儿啊！

这又是我俩之间的界石！

三二

幽冷的星儿啊！

这般零乱的一团！

爱人儿啊！

我们的命运，

都摆布在这里了！

三三

冬天的长夜，

好不容易等到天明了，

这是一块冷冰冰的，

铅灰色的天宇，

哪里看得见太阳呢？

爱人啊！哭罢！哭罢！

这便是我们的将来哟！

三四

我是狂怒的海神,

你是被我捕着的一叶轻舟。

我的情潮一起一落之间,

我笑着看你颠簸;

我的千百个涛头

用白晃晃的锯齿咬你,

把你咬碎了,

便和樯带舵吞了下去。

三五

夜鹰号咷地叫着;

北风拍着门环,

撕着窗纸,

撞着墙壁,

掀着屋瓦,

非闯进来不可。

红烛只不息地淌着血泪,

凝成大堆赤色的石钟乳,

爱人啊!你在哪里?

快来剪去那乌云似的烛花,

快窝着你的素手

遮护着这抖颤的烛焰!

爱人啊!你在哪里?

三六

当我告诉你们:

我曾在玉箫牙板,

一派悠扬的细乐里,

亲手掀起了伊的红盖帕;

我曾著着银烛,

一壁撷着伊的凤钗,

一壁在伊耳边问道:

"认得我吗?"

朋友们啊!

当你们听我讲这些故事时,

我又在你们的笑容里,

认出了你们私心的艳羡。

三七

这比我的新人,

谁个温柔?

从炉面镂空的双喜字间,

吐出了一线蜿蜒的香篆。

三八

你午睡醒来,

脸上印着红凹的簟纹,

怕是链子锁着的

梦魂儿罢?

我吻着你的香腮,

我吻着你的梦儿了。

三九

我若替伊画像,

我不许一点人工产物

污秽了伊的玉体。

我并不是用画家的肉眼,

在一套曲线里看伊的美;

但我要描出我常梦着的伊——

一个通灵澈洁的裸体的天使!

所以为免除误会起见,

我还要叫伊这两肩上

生出一双翅膀来。

若有人还不明白,

便把伊错认作一只彩凤,

那倒没什么不可。

四〇

假如黄昏时分,

忽来了一阵雷电交加的风暴,

不须怕得呀,爱人!

我将紧拉着你的手,

到窗口并肩坐下,

我们一句话也不要讲,

我们只凝视着

我们自己的爱力

在天边碰着,

碰出金箭似的光芒,

炫瞎我们自己的眼睛。

四一

有酸的,有甜的,有苦的,有辣的。

豆子都是红色的,

味道却不同了。

辣的先让礼教尝尝!

苦的我们分着囫囵地吞下。

酸的酸得像梅子一般,

不妨细嚼着止止我们的渴。

甜的呢!

啊!甜的红豆都分送给邻家作种子罢!

四二

我唱过了各样的歌儿,

单单忘记了你。

但我的歌儿该当越唱越新,越美。

这些最后唱的最美的歌儿。

一字一颗明珠,

一字一颗热泪,

我的皇后啊!

这些算了我赎罪的菲仪,

这些我跪着捧献给你。

(曾收入《红烛》,1923年,上海泰东图书局)

孤雁

不幸的失群的孤客！
谁教你抛弃了旧侣，
拆散了阵字，
流落到这水国的绝塞，
挤着寸磔的愁肠，
泣诉那无边的酸楚？

啊！从那浮云的密幕里，
进出这样的哀音，
这样的痛苦！这样的热情！

孤寂的流落者！

不须叫喊得哟!

你那沉细的音波,

在这大海的惊雷里,

还不值得那涛头

溅破的一粒浮沤呢!

可怜的孤魂啊!

更不须向天回首了。

天是一个无涯的秘密,

一幅蓝色的谜语,

太难了,不是你能猜破的。

也不须向海低头了。

这辱骂高天的恶汉,

他的咸卤的唾沫

不要渍湿了你的翅膀,

粘滞了你的行程!

流落的孤禽啊!

到底飞往哪里去呢?

那太平洋的彼岸,

可知道究竟有些什么?

啊！那里是苍鹰的领土——

那鸷悍的霸王啊！

他的锐利的指爪，

已撕破了自然的面目，

建筑起财力的窝巢。

那里只有钢筋铁骨的机械，

喝醉了弱者的鲜血，

吐出那罪恶的黑烟，

涂污我太空，闭熄了日月，

教你飞来不知方向，

息去又没地藏身啊！

流落的失群者啊！

到底要往哪里去？

随阳的鸟啊！

光明的追逐者啊！

不信那腥臊的屠场，

黑暗的烟灶，

竟能吸引你的踪迹！

归来罢,失路的游魂!
归来参加你的伴侣,
补足他们的阵列!
他们正引着颈望你呢。

归来偃卧在霜染的芦林里,
那里有校猎的西风,
将茸毛似的芦花,
铺就了你的床褥
来温暖起你的甜梦。

归来浮游在温柔的港溆里,
那里方是你的浴盆。
归来徘徊在浪舐的平沙上,
趁着溶银的月色
婆娑着戏弄你的幽影。

归来罢,流落的孤禽!
与其尽在这水国的绝塞,
拼着寸磔的愁肠,
泣诉那无边的酸梦,

不如棹翅回身归去罢!

啊!但是这不由分说的狂飙

挟着我不息地前进;

我脚上又带着了一封书信,

我怎能抛却我的使命,

由着我的心性

回身棹翅归去来呢?

　　　　　(曾收入《红烛》,1923年,上海泰东图书局)

别后

啊!那不速的香吻,
没关心的柔词……
啊!热情献来的一切的赞礼,
当时都大意地抛弃了,
于今却变作记忆的干粮,
来充这旅途的饥饿。

可是,有时同样的馈仪,
当时珍重地接待了,抚宠了;
反在记忆之领土里,
刻下了生憎惹厌的痕迹。

啊!谁道不是变幻呢?

顷刻之间,热情与冷淡,

已经百度的乘除了。

谁道不是矛盾呢?

一般的香吻,一样的柔词,

才冷僵了的骨髓,

又烧焦了纤维。

恶作剧的疟魔呀!

到底是谁遣你来的?

你在这一隙驹光之间,

竟教我更迭地

作了冰炭的化身!

恶作剧的疟魔哟!

(曾收入《红烛》,1923年,上海泰东图书局)

第五辑
死　水

我心头有一幅旌旆
没有风时自然摇摆；
我这幅抖颤的心旌
上面有五样的色彩。

这心腹里海棠叶形
是中华版图的缩本；
谁能偷去伊的版图？
谁能偷得去我的心？

大鼓师

我挂上一面豹皮的大鼓,
我敲着它游遍了一个世界,
我唱过了形形色色的歌儿,
我也听饱了喝不完的彩。

一角斜阳倒挂在檐下,
我蹑着芒鞋,踏入了家村。
"咱们自己的那只歌呢?"
她赶上前来,一阵的高兴。

我会唱英雄,我会唱豪杰,
那倩女情郎的歌,我也唱,
若要问道咱们自己的歌,
天知道,我真说不出的心慌!

我却吞下了哀,叫她一声,

死水

"快拿我的三弦来,快呀快!
这只破鼓也忒嫌闹了,我要
那弦子弹出我的歌儿来。"

我先弹着一群白鸽在霜林里,
珊瑚爪儿踩着黄叶一堆;
然后你听那秋虫在石缝里叫,
忽然又变了冷雨洒着柴扉。

洒不尽的雨,流不完的泪,……
我叫声"娘子"!把弦子丢了,
"今天我们拿什么作歌来唱?
歌儿早已化作泪儿流了!

"怎么?怎么你也抬不起头来?
啊!这怎么办,怎么办!……
来!你来!我兜出来的悲哀,
得让我自己来吻它干。

"只让我这样呆望着你,娘子,
像窗外的寒蕉望着月亮,
让我只在静默中赞美你,

可是总想不出什么歌来唱。

"纵然是刀斧削出的连理枝,
你瞧,这姿势一点也没有扭。
我可怜的人,你莫疑我,
我原也不怪那挥刀的手。

"你不要多心,我也不要问,
山泉到了井底,还往哪里流?
我知道你永远起不了波澜,
我要你永远给我润着歌喉。

"假如最末的希望否认了孤舟,
假如你拒绝了我,我的船坞!
我战着风涛,日暮归来,
谁是我的家,谁是我的归宿?

"但是,娘子啊!在你的尊前,
许我大鼓三弦都不要用;
我们委实没有歌好唱,我们
既不是儿女,又不是英雄!"

(原载1925年3月《晨报副刊·文学旬刊》,收入《死水》)

我是中国人

我是中国人,我是支那人,
我是黄帝的神明血胤;
我是地球上最高处来的,
帕米尔便是我的原籍。

我的种族是一条大河,
我们流下了昆仑山坡,
我们流过了亚洲大陆,
我们流出了优美的风俗。

伟大的民族!伟大的民族!
五岳一般的庄严正肃,
广漠的太平洋底的量,
春云的柔和,秋风的豪放。

我们的历史可以歌唱,
他是尧时老人敲着木壤,
敲出来的太平的音乐,——
我们的历史是一节民歌。

我们的历史是一只金罍
盛着帝王祀天的芳醴,——
我们敬人,我们顺天,
我们是乐天安命的神仙。

我们的历史是一掬清泪,
孔子哀悼死麒麟的泪;
我们的历史是一阵狂笑,
庄周、淳于髡、东方朔的笑。

我是中国人,我是支那人,
我的心里有尧舜的心,
我的血是荆轲聂政的血,
我是神农黄帝的遗孽。

我的智慧来得真离奇,
他是河马献来的馈礼;

死水

我这歌声中的节奏,
原是九苞凤凰的传授。

我心头充满戈壁的沉默,
脸上有黄河波涛的颜色
泰山的石溜滴成我的忍耐,
峥嵘的剑阁撑出我的胸怀。

我没有睡着!我没有睡着!
我心中的灵火还在燃烧;
我的火焰他越烧越燃,
我为我的祖国烧得发颤。

我的记忆还是一根麻绳,
绳上束满了无数的结梗;
一个结子是一桩史事——
我便是五千年的历史。

我是过去五千年的历史,
我是将来五千年的历史。
我要修葺这历史的舞台,
预备排演历史的将来。

我们将来的历史是一首歌,
还歌着海晏河清的音乐。
我们将来的历史是一杯酒,
又在金罍里给皇天献寿。

我们将来的历史是一滴泪,
我的泪洗尽人类的悲哀。
我们将来的历史是一声笑,
我的笑驱尽宇宙的烦恼。

我们是一条河,一条天河,
一派浑浑噩噩的光波——
我们是四万万不灭的明星;
我们的位置永远注定。

伟大的民族!伟大的民族!
我是东方文化的鼻祖,
我的生命是世界的生命。
我是中国人,我是支那人!

(原载 1925 年 7 月《大江季刊》第 1 卷)

狼狈

假如流水上一抹斜阳

悠悠地来了,悠悠地去了;

假如那时不是我不留你,

那颗心不由我作主了。

假如又是灰色的黄昏

藏满了蝙蝠的翅膀;

假如那时不是我不念你,

那时的心什么也不能想。

假如落叶像败阵纷逃,

暗影在我这窗前睥睨;

假如这颗心不是我的了,

女人,教它如何想你?

假如秋夜也这般的寂寥……

嘿!这是谁在我耳边讲话?

这分明不是你的声音,女人;

假如她偏偏要我降她。

(原载 1925 年 8 月《晨报副刊》)

死水

这是一沟绝望的死水,
清风吹不起半点漪沦。
不如多扔些破铜烂铁,
爽性泼你的剩菜残羹。

也许铜的要绿成翡翠,
铁罐上锈出几瓣桃花;
再让油腻织一层罗绮,
霉菌给他蒸出些云霞。

让死水酵成一沟绿酒,
漂满了珍珠似的白沫;

小珠们笑声变成大珠,
又被偷酒的花蚊咬破。

那么一沟绝望的死水,
也就夸得上几分鲜明。
如果青蛙耐不住寂寞,
又算死水叫出了歌声。

这是一沟绝望的死水,
这里断不是美的所在,
不如让给丑恶来开垦,
看他造出个什么世界。

(原载1926年4月《晨报副镌·诗镌》)

死水

七子之歌

邶有七子之母不安其室。七子自怨自艾，冀以回其母心。诗人作《凯风》以愍之。吾国自尼布楚条约迄旅大之租让，先后丧失之土地，失养于祖国，受虐于异类，臆其悲哀之情，盖有甚于《凯风》之七子。因择其与中华关系亲切者七地，为作歌各一章，以抒其孤苦亡告，眷怀祖国之哀忱，亦以励国人之奋兴云尔。国疆崩丧，积日既久，国人视之漠然。不见夫法兰西之 Alsace—Lorraine 耶？"精诚所至，金石能开。"诚如斯，中华"七子"之归来其在旦夕乎！

（澳门）
你可知"妈港"不是我的真名姓？……
我离开你的襁褓太久了，母亲！

但是他们掳去的是我的肉体,
你依然保管着我内心的灵魂。
三百年来梦寐不忘的生母啊!
请叫儿的乳名,叫我一声"澳门"!
母亲!我要回来,母亲!

(香港)

我好比凤阁阶前守夜的黄豹,
母亲呀,我身分虽微,地位险要。
如今狞恶的海狮扑在我身上,
啖着我的骨肉,吮着我的脂膏;
母亲呀,我哭泣号啕,呼你不应。
母亲呀,快让我躲入你的怀抱!
母亲!我要回来,母亲!

(台湾)

我们是东海捧出的珍珠一串,
琉球是我的群弟,我便是台湾。
我胸中还氤氲着郑氏的英魂,
精忠的赤血点染了我的家传。
母亲,酷炎的夏日要晒死我了;

赐我个号令,我还能背城一战。
母亲,我要回来,母亲!

(威海卫)

再让我看守着中华最古的海,
这边岸上原有圣人的丘陵在。
母亲,莫忘了我是防海的健将,
我有一座刘公岛作我的盾牌。
快救我回来呀,时期已经到了。
我背后葬的尽是圣人的遗骸!
母亲!我要回来,母亲!

(广州湾)

东海和硇洲是一双管钥,
我是神州后门上的一把铁锁。
你为什么把我借给一个盗贼?
母亲呀,你千万不该抛弃了我!
母亲,让我快回到你的膝前来,
我要紧紧地拥抱着你的脚踝。
母亲!我要回来,母亲!

（九龙）

我的胞兄香港在诉他的苦痛,

母亲,可记得你的幼女九龙?

自从我下嫁给那镇海的魔王,

我何曾有一天不在泪涛汹涌!

母亲,我天天数着归宁的吉日,

我只怕希望要变作一场梦。

母亲!我要回来,母亲!

（旅顺,大连）

我们是旅顺,大连,孪生的兄弟。

我们的命运应该如何的比拟?——

两个强邻将我们来回的蹴蹋,

我们是暴徒脚下的两团烂泥。

母亲,归期到了,快领我们回来。

你不知道儿们如何的想念你!

母亲!我们要回来,母亲!

（原载1925年7月《现代评论》第2卷）

爱国的心

我心头有一幅旌旆
没有风时自然摇摆；
我这幅抖颤的心旌
上面有五样的色彩。

这心腹里海棠叶形
是中华版图的缩本；
谁能偷去伊的版图？
谁能偷得去我的心？

（原载 1925 年 7 月《大江季刊》第 1 卷）

口供

我不骗你,我不是什么诗人,
纵然我爱的是白石的坚贞,
青松和大海,鸦背驮着夕阳,
黄昏里织满了蝙蝠的翅膀。
你知道我爱英雄,还爱高山,
我爱一幅国旗在风中招展,
自从鹅黄到古铜色的菊花。
记着我的粮食是一壶苦茶!

可是还有一个我,你怕不怕?——
苍蝇似的思想,垃圾桶里爬。

泪雨

他在那生命的阳春时节,
曾流着号饥号寒的眼泪;
那原是舒生解冰的春霖,
却也兆征了生命的哀悲。

他少年的泪是连绵的阴雨
暗中浇熟了酸苦的黄梅;
如今黑云密布,雷电交加,
他的泪像夏雨一般的滂沛。

中途的怅惘,老大的蹉跎,
他知道中年的苦泪更多,

中年的泪定似秋雨淅沥,
梧桐叶上敲着永夜的悲歌。

谁说生命的残冬没有眼泪?
老年的泪是悲哀的总和;
他还有一掬结晶的老泪,
要开作漫天愁人花朵。

祈祷

请告诉我谁是中国人,
启示我,如何把记忆抱紧;
请告诉我这民族的伟大,
轻轻地告诉我,不要喧哗!

请告诉我谁是中国人,
谁的心里有尧舜的心,
谁的血是荆轲聂政的血,
谁是神农黄帝的遗孽。

告诉我那智慧来得离奇,
说是河马献来的馈礼;

还告诉我这歌声的节奏,
原是九苞凤凰的传授。

谁告诉我戈壁的沉默,
和五岳的庄严?又告诉我
泰山的石溜还滴着忍耐,
大江黄河又流着和谐?

再告诉我,哪一滴清泪,
是孔子吊唁死麟的悲?
那狂笑也得告诉我才好,——
庄周,淳于髡,东方朔的笑。

谁告诉我谁是中国人,
启示我,如何把记忆抱紧;
请告诉我这民族的伟大,
轻轻地告诉我,不要喧哗!

(曾收入《死水》,1928年,上海新月书店)

一句话

有一句话说出就是祸,
有一句话能点得着火。
别看五千年没有说破,
你猜得透火山的缄默?
说不定是突然着了魔,
突然青天里一个霹雳
爆一声:
"咱们的中国!"

这话叫我今天怎么说?
我不信铁树开花也可,
那么有一句话你听着:

等火山忍不住了缄默,

不要发抖,伸舌头,顿脚,

等到青天里一个霹雳

爆一声:

"咱们的中国!"

(曾收入《死水》,1928年,上海新月书店)

奇迹

我要的本不是火齐的红,或半夜里
桃花潭水的黑,也不是琵琶的幽怨,
蔷薇的香;我不曾真心爱过文豹的矜严,
我要的婉娈也不是任何白鸽所有的。
我要的本不是这些,而是这些的结晶,
比这一切更神奇得万倍的一个奇迹!
可是,这灵魂是真饿得慌,我又不能
让他缺着供养,那么,即便是糟糠,
你也得募化不是? 天知道,我不是
甘心如此,我并非倔强,亦不是愚蠢,
我是等你不及,等不及奇迹的来临!
我不敢让灵魂缺着供养。谁不知道

一树蝉鸣,一壶浊酒,算得了什么?
纵提到烟峦,曙壑,或更璀璨的星空,
也只是平凡,最无所谓的平凡,犯得着
惊喜得没主意,喊着最动人的名儿,
恨不得黄金铸字,给装在一只歌里?
我也说但为一阕莺歌便噙不住眼泪,
那未免太支离,太玄了,简直不值当。
谁晓得,我可不能不那样:这心是真
饿得慌,我不得不节省点,把藜藿全当作膏粱。
可也不妨明说,只要你——
只要奇迹露一面,我马上就放弃平凡,
我再不瞅着一张霜叶梦想春花的艳,
再不浪费这灵魂的膂力,剥开顽石,
来诛求碧玉的温润;给我一个奇迹,
我也不再去鞭挞着"丑",逼他要
那分背面的意义;实在我早厌恶了
这些勾当,那附会也委实是太费解了。
我只要一个明白的字,舍利子似的闪着
宝光;我要的是整个的,正面的美。
我并非倔强,亦不是愚蠢,我不会看见
团扇,悟不起扇后那天仙似的人面。

那么
我等着,不管得等到多少轮回以后——
既然当初许下心愿,也不知道是在多少
轮回以前——我等,我不抱怨,只静候着
一个奇迹的来临。总不能没有那一天,
让雷来劈我,火山来烧,全地狱翻起来
扑我,……害怕吗?你放心,反正罡风
吹不熄灵魂的灯,情愿蜕壳化成灰烬,
不碍事,因为那——那便是我的一刹那,
一刹那的永恒——一阵异香,最神秘的
肃静,(日,月,一切星球的旋动早被
喝住,时间也止步了,)最浑圆的和平……
我听见阊阖的户枢然一响,
传来一片衣裙的窸窣——那便是奇迹——
半启的金扉中,一个戴着圆光的你!

(原载1931年1月《诗刊》创刊号)

荒村

……临淮关梁园镇间一百八十里之距离,已完全断绝人烟。汽车道两旁之村庄,所有居民,逃避一空。农民之家具木器,均以绳相连,沉于附近水塘稻田中,以避火焚。门窗俱无,中以棺材或石堵塞。一至夜间,则灯火全无。鸡犬豕等觅食野间,亦无人看守。而间有玫瑰芍药犹墙隅自开。新出稻秧,翠荡宜人。草木无知,其斯之谓欤?

——民国十六年五月十九日《新闻报》

他们都上哪里去了?怎么
虾蟆蹲在甑上,水瓢里开白莲;
桌椅板凳在田里堰里漂着;
蜘蛛的绳桥从东屋往西屋牵?
门框里嵌棺材,窗棂里镶石块!
这景象是多么古怪多么惨!
镰刀让它锈着快锈成了泥,
抛着整个的鱼网在灰堆里烂。

死水

天呀！这样的村庄都留不住他们！
玫瑰开不完，荷叶长成了伞；
秧针这样尖，湖水这样绿，
天这样青，鸟声像露珠样圆。
这秧是怎样绿的，花儿谁叫红的？
这泥里和着谁的血，谁的汗？
去得这样的坚决，这样的脱洒，
可有什么苦衷，许了什么心愿？
如今可有人告诉他们：这里
猪在大路上游，鸭往猪群里钻，
雄鸡踏翻了芍药，牛吃了菜……
告诉他们太阳落了，牛羊不下山，
一个个的黑影在岗上等着，
四合的峦嶂龙蛇虎豹一般，
它们望一望，打了一个寒噤，
大家低下头来，再也不敢看；
（这也得告诉他们）它们想起往常
暮寒深了，白杨在风里颤，
那时只要站在山头嚷一句，
山路太险了，还有主人来搀；
然后笛声送它们踏进栏门里，
那稻草多么香，屋子多么暖！

它们想到这里,滚下了一滴热泪,
大家挤作一堆,脸偎着脸……
去!去告诉他们主人,告诉他们,
什么都告诉他们,什么也不要瞒!
叫他们回来!叫他们回来!
问他们怎么自己的牲口都不管?
他们不知道牲口是和小儿一样吗?
可怜的畜生它们多么没有胆!
喂!你报信的人也上哪里去了?
快去告诉他们——告诉王家老三,
告诉周大和他们兄弟八个,
告诉临淮关一带的庄稼汉,
还告诉那红脸的铁匠老李,
告诉独眼龙,告诉徐半仙,
告诉黄大娘和满村庄的妇女——
告诉他们这许多的事,一件一件。
叫他们回来,叫他们回来!
这景象是多么古怪多么惨!
天呀!这样的村庄留不住他们;
这样一个桃源,瞧不见人烟!

(曾收入《死水》,1928 年,上海新月书店)

一个观念

你隽永的神秘,你美丽的谎,
你倔强的质问,你一道金光,
一点儿亲密的意义,一股火,
一缕缥缈的呼声,你是什么?
我不疑,这因缘一点也不假,
我知道海洋不骗他的浪花。
既然是节奏,就不该抱怨歌。
啊,横暴的威灵,你降伏了我,
你降伏了我!你绚缦的长虹——
五千多年的记忆,你不要动,
如今我只问怎样抱得紧你……
你是那样的横蛮,那样美丽!

(原载 1927 年 6 月《时事新报·学灯》,后收入《死水》)

末日

露水在筧筒里哽咽着,
芭蕉的绿舌头舔着玻璃窗,
四围的垩壁都往后退,
我一人填不满偌大一间房。

我心房里烧上一盆火,
静候着一个远道的客人来,
我用蛛丝鼠矢喂火盆,
我又用花蛇的鳞甲代劈柴。

鸡声直催,盆里一堆灰,
一股阴风偷来摸着我的口,
原来客人就在我眼前,
我眼皮一闭,就跟着客人走。

(原载 1925 年 9 月《晨报副刊》,后收入《死水》)

夜歌

癞虾蟆抽了一个寒噤,
黄土堆里钻出个妇人,
妇人身旁找不出阴影,
月色却是如此的分明。

黄土堆里钻出个妇人,
黄土堆上并没有裂痕,
也不曾惊动一条蚯蚓,
或绷断蟒蛸一根网绳。

月光底下坐着个妇人,
妇人的容貌好似青春,

猩红衫子血样的狰狞,
鬅松的散发披了一身。

妇人在号咷,捶着胸心,
癞虾蟆只是打着寒噤,
远村的荒鸡哇的一声,
黄土堆上不见了妇人。

     (曾收入《死水》,1928年,上海新月书店)

死水

闻一多先生的书桌

忽然一切的静物都讲话了,
忽然间书桌是怨声腾沸:
墨盒呻吟道"我渴得要死!"
字典喊雨水渍湿了他的背;

信笺忙叫道弯痛了他的腰;
钢笔说烟灰闭塞了他的嘴,
毛笔讲火柴烧秃了他的须,
铅笔抱怨牙刷压了他的腿;

香炉咕喽着"这些野蛮的书
早晚定规要把你挤倒了!"

大钢表叹息快睡锈了骨头；

"风来了！风来了！"稿纸都叫了；

笔洗说他分明是盛水的，

怎么吃得惯臭辣的雪茄灰；

桌子怨一年洗不上两回澡，

墨水壶说"我两天给你洗一回。"

"什么主人？谁是我们的主人？"

一切的静物都同声骂道，

"生活若果是这般的狼狈，

倒还不如没有生活的好！"

主人咬着烟斗咪咪地笑，

"一切的众生应该各安其位。

我何曾有意地糟蹋你们，

秩序不在我的能力之内。"

（原载 1925 年 9 月《现代评论》，后收入《死水》）

死水

心跳

这灯光,这灯光漂白了的四壁;
这贤良的桌椅,朋友似的亲密;
这古书的纸香一阵阵地袭来;
要好的茶杯贞女一般的洁白;
受哺的小儿接呷在母亲怀里,
鼾声报道我大儿康健的消息……
这神秘的静夜,这浑圆的和平,
我喉咙里颤动着感谢的歌声。
但是歌声马上又变成了诅咒,
静夜!我不能,不能受你的贿赂。
谁希罕你这墙内尺方的和平!
我的世界还有更辽阔的边境。

这四墙既隔不断战争的喧嚣,
你有什么方法禁止我的心跳?
最好是让这口里塞满了沙泥,
如其它只会唱着个人的休戚!
最好是让这头颅给田鼠掘洞,
让这一团血肉也去喂着尸虫。
如果只是为了一杯酒,一本诗,
静夜里钟摆摇来的一片闲适,
就听不见了你们四邻的呻吟,
看不见寡妇孤儿抖颤的身影,
战壕里的痉挛,疯人咬着病榻,
和各种惨剧在生活的磨子下。
幸福!我如今不能受你的私贿,
我的世界不在这尺方的墙内。
听!又是一阵炮声,死神在咆哮。
静夜!你如何能禁止我的心跳?

晚霁见月

好了!风翅掩了,

雨脚敛了,

可惜太阳回了,

天色黯了,

剩下崎岖汹涌的云山云海,

塞满了天空。

忽地紫波银了,

远树沉了,

竟是黄昏死了,

白月生了,——

但是崎岖汹涌的云山云海,

塞满了天空!

莫愁太阳自落,
睡煞人儿,
且待月亮照着,
唤醒魂儿。
但是崎岖汹涌的云山云海,
寒满了天空!